· 文脉中国散文库 ·

行吟山水

吴国义 / 著

中国文联出版社

图书在版编目（CIP）数据

行吟山水 / 吴国义著 . -- 北京：中国文联出版社，
2016.8（2023.3 重印）
ISBN 978 - 7 - 5190 - 1799 - 6

Ⅰ.①行… Ⅱ.①吴… Ⅲ.①散文集—中国—当代
Ⅳ.①I267

中国版本图书馆 CIP 数据核字（2016）第 175619 号

著　　者　吴国义
责任编辑　李　民
责任校对　李海慧
装帧设计　中联华文

出版发行　中国文联出版社有限公司
地　　址　北京市朝阳区农展馆南里 10 号　　　　邮编　100125
电　　话　010 - 85923025（发行部）　　　　85923091（总编室）
经　　销　全国新华书店等
印　　刷　三河市华东印刷有限公司

开　　本　710 毫米×1000 毫米　　1/16
印　　张　14.75
字　　数　202 千字
版　　次　2023 年 3 月第 1 版第 2 次印刷
定　　价　78.00 元

自序：岁月里的桤树

春分时节，早开的花儿都谢了，枝头一丛丛嫩嫩的新叶，金灿灿的油菜花儿被一荚荚鼓胀起来的菜籽代替，樱桃渐渐饱满起来，枇杷开始走向成熟。这样的日子，目光所及之处，都是一派盎然的生气。

独自信步山冈，一株桤树独立悬崖边，虬曲的树枝上只有点点的芽孢。坐在树下，看远方的城市上空雾霾沉沉，此刻，尘世仿佛很远。我对桤树有一种特殊的情感，多次在一些文字里提到过桤树，记得在一篇文字的最后，写到"我的前世，就是一粒桤子"。

儿时，我的父亲在省外工作，母亲一个人在农村，拉扯我们兄妹三人长大。初中时，每当写作文，都是头疼的事，我的语文老师是一个很有责任心的老师，有一次我绞尽脑汁写了一篇关于春的作文，第一次得到一个"优"，老师还在课堂上念了一遍，从那以后我写作的兴趣浓厚起来。初中毕业时，因为成绩不好，只得到一张薄薄的结业证书，回农村当农民，那时狂热地喜欢写作，但读书、投稿都需要钱，由于家贫，父母几乎没有零用钱给我。

偶然的机会，在废品回收站发现桤子米可以卖钱，一毛钱一斤，这可是个新发现，我家地里不就有桤树吗？桤子米是桤子树的果实。桤子树在川南的山区，是一种非常烂贱的树种，几乎每一座山冈上都可以看见它的身影。由于价值不大，村民都把它当成杂树，只有地边地角，崖边岩坎上生长，没有人栽培它。它的叶片呈心形，很漂亮，适合做书签。春天万物还没发芽时，或者秋深萧瑟之后，它的枝头就挂满了一树红红的叶片，比枫叶更迷人。后来在鲁迅先生的《风波》里看到乌桕树，查询后才知道，原来桕子的学名叫乌桕；但是我还是喜欢把它叫作桕子，这很乡土的名字似乎更多些亲切，多些温暖。每到桕子成熟的季节，它的外壳裂开，露出小小的白白的树籽，外层包裹一层树蜡，摘下来，晒干就可以卖钱了。

于是劳作之余就去山冈上摘桕子米，每次都能卖到几毛钱，赶紧跑去新华书店或邮局的书摊上，买回几本书，满足我阅读的渴望。或者换回几本稿笺和几张邮票，把那些幼稚的文字寄出去，也寄出一份份的希望。

因为这小小的桕子，我在少年时代才能读一些书，因为这白白的果实，我才能把对文字的喜爱坚持下来。所以，对桕子，我有一种特殊的感情在里面。20岁左右时，和几个喜欢文字的朋友，编印一本油印诗集，我脑海里反复出现那独立寒秋的鲜艳的桕叶，于是把诗集起名为《红叶集》，我们几个也自称红叶文学社成员。

往事如风，白驹过隙。尽管我的工作后来和文字相关，却是另一种性质的文字，于是我常常在感性的文字和理性的文字边缘纠结和游走。对于感性的文字，我忽远忽近，但却从未离开过，坚持着偶尔写几句，不让自己离开它太久。人过四十，感悟更多，更觉得在一个浮躁的社会里，喜欢文字，是一件温暖的事。在文字的时光里，可以让岁月更从容，对生活更热爱，对世俗更淡泊，内心也会更加宁静。

人在很多的时候，容易迷失自己。于是，我喜欢去大自然里走走，以散步的方式，把自己沉入草木之间，这时自己就是一棵草，一棵树。"离离原上草，一岁一枯荣"，在自然面前，人和草木一样，从小小的萌芽来到世界，成长、丰茂，到衰老、离开。不可能每一棵草木都走进庙堂之高，但江湖之远，每一棵草木都有属于自己的位置，把每一个日子都活得充实，就是最好的精彩。

所以，喜欢行走，喜欢在山水之间徜徉。在时光的山冈上，那株桕树，永远是那种虬曲的姿势，皲裂的树干是岁月的痕迹，那些小小的桕子，是来路，更是归途。

任何时候，看到桕树，我都会感到一种温暖和宁静在渐渐弥漫开来。

写这篇文字的时候，麦子在渐渐饱满起来。行走之间，山冈上的桕树始终牵扯着我的目光。

是为序。

目　录

卷一　　行走山水

卷二 乡情如歌

卷三　一树繁花

卷四　淡淡槐香

行走山水

看山，是山或不是山，看水，是水或不是水，那都是哲理，是一种洗尽铅华的大智慧。我没有仁者乐山智者乐水的境界，也不是寄情山水的颓废。行走山水，只是生活的一部分。激情或者平淡都是笑谈，只是觉得自己前世就是一块山石或者一株草木。

行走山水

　　一直梦想这样一幅情景：在山水之间，建一间茅舍，筑一道竹篱，远处有青山如黛，近前有溪水潺潺。篱笆上攀缘的青藤四季碧绿，蔷薇或野菊，不需打理，自由地生长或盛开。

　　躺在竹椅上，一缕茶香，一本旧书，淡淡地，或思或寐，都不重要。檐外，有细雨点滴，听鸟鸣空山……

　　老了老了，就这样日子，任时光老去。要说人生多少有点梦想，这或许算是吧。

　　于是，喜欢山水，喜欢在山水之间行走。

　　很小的时候，从开始喜欢文字起，就喜欢森林，那无际的绿色，有生命的勃发，有未知的神秘，但是一直没有看到过真正的森林，这个梦想就被一点点地磨蚀了。

　　在平淡的日子里，遭遇过很多人事，也遗忘过很多人事，曾经刻骨铭心或者擦肩而过，来了或者去了，时光就这样一点点地老去，也许这就是生命的过程。

　　年少时，喜欢登山，有山之处，必有我们的身影，寻无人处攀登，从无路处辟径。费尽周折后的欣慰，就是在山顶席地而卧，不亦乐乎！

　　小山不过瘾时，不断抬升征服的高度，数十里外有香炉高山，自古皆有仙气，有山有树有庙，自然不能错过。沐着清晨第一缕晨光开始出发，爬到半山时还沾沾自喜，觉得不过如此，但夏日阳光最具温度的炙烤和九曲十八拐的高度，渐渐让我们明白，登山征服的不是高度，其实是自己。当我们终于到达山顶小庙时几乎力竭，此时，时针已指向下午 2 时。向庙里老人叨扰化缘，风卷残云般倒进肚子三大碗米饭后，不好意思再吃的那份恋恋不舍，至今难忘。

登高远望，或报以仰天长啸，或吐纳天地精华，修复一身疲惫，卸下胸中块垒，淋漓尽致之后，身心释然。

附近的山川几乎爬遍了，便把视线一点点延伸，那年去百里外的兴文博望山，旖旎风光无暇顾及，没体验过在这层层叠叠的楠竹林里奔跑的感觉，最应该做的，就是指点最高山巅，以百米冲刺之速度，拼抢谁摘第一的狂笑。从山上下来，租一张竹几，泡一杯清茶，半躺在凉椅上，看游人如织熙熙攘攘收获几何，听林涛轻吟飘飘洒洒其乐陶陶！

还有那年，忍受颠簸和惊险之后到达大凉山的马湖之畔，众人相邀租船游湖四处观光，我们却去攀缘湖畔最高之山峰，火辣的太阳下挥汗如雨，向更高处进发，循陌生地探寻，兴尽晚归，湖畔饮茶畅谈，凉风习习，心旷神怡。第二日晨曦微明，即起床沿湖周散步数小时，游人皆愕，何不乘 车？答曰：就为行走而来。众皆笑之而去。

随着年龄的增长，已然没有登山时那种飞扬的激情和体力，但在忙碌的工作之余，仍坚持行走，几日不去走走，老觉得浑身不舒服，行走的距 离，或远或近，据时间而定，依体力而论。行走的地点，随心而行，然必 有山或有水；行走的风景，四时变幻，却须静心或心静。

看山，是山或不是山，看水，是水或不是水，那都是哲理，是一种洗尽铅华的大智慧。我没有仁者乐山智者乐水的境界，也不是寄情山水的颓废。行走山水，只是生活的一部分。激情或者平淡都是笑谈，只是觉得自己前世就是一块山石或者一株草木。

人到中年，行走山水，更多的只是一种习惯。山顶的云卷云舒，山下的花开花落，都可以淡然地对待。溪水潺湲或者湍急，山石嶙峋或者古朴，都一样安静地去欣赏。

有山、有水，有心境。心境是岁月唯一的积淀。

当我无法再行走的时候，就让自己归隐在山水之间。茅舍一间，竹篱一道，听细雨微蒙，看野菊烂漫……

放牧心情

— 避暑渝黔六日游日记

2011 年的夏天，温度太给力。已是立秋后了，却一天热过一天，36 度、37 摄氏度、38 摄氏度，一路直逼 40 摄氏度不罢休的样子。放下手中工作，想找个凉快地儿，不远不近，不太劳累奔波，让身心都放松一点。

其实比较喜欢的是兴文博望的那种自然清幽，但估计这段时间也凉快不到哪去，冰川雪山太远了不现实，点开网站四处瞧瞧，也没有对胃口的地点可去，正好朋友约和他回贵州的"后家"（娘家），地图上看看，刚好和重庆的武隆风景区毗邻，适宜避暑，在五六个小时车程内，这倒是个比较中意的地方。说好就行动，天亮就出发……

8 月 3 日·穿越·地缝之旅

清早起来。太阳一露面就光芒四射。

拎上行李，约上朋友，加满汽油，8 点 6 分出发。

半小时后进入宜水高速。一路顺利，虽然车外气温很高，明晃晃地让人发慌，但把空调开到最大，还能对付。穿越重庆时，居然被导航仪恶作剧作弄，本可从环城路绕过重庆市区的，却被误导进入城区，整整转悠了一个多小时才转出来。

到南川已快下午两点了，下高速在路边找个小店吃点饭继续前行，3 点多钟到达重庆武隆，没有进城，我们直往山上而去。3 点 50 分，到达仙女山风景区接待中心，看看时间尚早，决定先去看看地缝景区，明天时间充裕些，慢慢地去国家森林公园的仙女山草原玩耍。

武隆地缝是典型的喀斯特地貌景区，山体因地壳变化形成一道较窄的缝隙，看多了川南的兴文石林、博望山等景区，这里没有什么特别引起我们兴趣的景色。

坐观光车到达已是 5 点多钟了，俯瞰下去，在一个天然漏斗状的环行山谷里，灌木丛生，有一股小小的瀑布从对面山上掉下去，像一根白色的绸带遗落在一片绿色的海洋中。景色寻常。心里的期望值降了下去。

一个长长的石梯下去，穿越一段人工开凿的石洞，就是一台垂直下降的观光电梯，下到半山腰。

人工修筑的栈道沿崖壁斗折蛇行，藤蔓缠绕在栈道上，荫翳蔽日，偶有些许夕阳漏进来，斑斑驳驳地在湿润的石阶上烙成一个个橘黄色的印章。绕过一个弯道就看见一个狭长的洞口在半崖上，洞口的栈道修建在崖壁上挑出的水泥桩上，下面就是数十米深的悬崖，颤巍巍地穿过去，腿肚子都在发软。扑面而来的凉风让人精神一振，在这热得透不过气的闷热季节，好像突然进入了深秋一样凉爽，在这里逗留了半天还舍不得离开。

由于已是下午 5 点半左右了，游客稀少。我们在手电微光的指引下前行百余米，已是无路，洞顶不时滴下水滴，关上手电，感受人在地心的那种神秘，在自然面前的渺小，更强烈地体味生命的珍贵。

由于地壳形成一道地缝，从洞里延伸出来在洞外形成一道峡谷，或宽数十米，或窄约数米，峡谷最窄处形成一道山门，一条小溪从山上跌落下来，形成十余米高的一道小瀑布，倒也别有风味，溪水随山势曲折在谷底蜿蜒，或琤琤琮琮在岩石间跳跃，或动若脱兔一样争抢穿越……一个深潭处，有两人蹲在那里钓鱼，他们说这小溪里有一种特产的小鱼味道特鲜美，可惜我们没有得见。

山谷渐渐开阔起来，也有了 20 多米宽的河床，我们完全下到了谷底，大大小小的乱石布满峡谷，没有鹅卵石那样的圆润，多了些大山的棱角气质，谷里的景色也越来越秀美，沿小溪而建的栈道，前面就是一片开阔地，原来已是出了山谷。回头望去，整个景区，就在山谷里，地缝原来这样得名。

看看天色未黑，我们决定赶到仙女山草原去住下来，明天好好地享受草原的美景。去往山上的途中，偶见小块的草甸，悠闲的牛马，也足让我们兴奋了许久，女儿留恋不已，想去玩耍，为了尽快赶路，我只好告诉女儿明天会有更美的景色。

到山顶找一家旅馆住下来已是薄暮时分。山顶的夜很静，也很冷。但我们的兴致很高，在这条长不过百米的小街上转转，吃上几根烧烤，回旅馆休息，养足精神，准备明天好好地玩上一天。

8月4日·漫步·草原之旅

清晨起来，去小街上转悠，腊肉、葵花籽、野生菌、野生药材……各种土特产摆满了数十米长的小街两旁，淳朴的山民面对着不断涌来的游客，也开始精明起来，和游客讨价还价，一位六七十岁的老大娘正欣喜地数着手中的钞票。

二两面条12元钱的早餐，味道实在不敢恭维，但还得填饱肚子吃下去，再啃上两个苞谷，就向草原进发。从停车场到草原有大约三公里路程，小火车往返载客，但我们觉得坐火车会辜负了沿途美景，于是在晨雾中以散步的方式，悠闲地行走在幽静的景区道路上。

路旁是大片的森林，很干净清爽，有些欧洲风情的味道。晨雾或浓或淡，浓如奶液，淡似轻纱，景色随雾变幻，笼罩着森林和道路。兴致勃勃的我们一路风景一路放歌，突然，身后也传来阵阵歌声和笑声，原来也是一群被美景诱惑得忍不住放声高歌的游客，结伴而行，互相唱和，"我们走在大路上……"歌声惊起群群鸟儿扑棱着从头上飞过。

一片大草原不经意间出现在眼前，我们欢呼着奔过去。数百亩的草原上点缀着一些稀疏的灌木，一些马儿悠闲地啃着青草，绿色的草原、黛色的树木、白色的晨雾、棕色的欧式小木屋……没有一个人可以矜持，没有一张脸可以冷静，忘形的不只是声音，还有那些手舞足蹈的身影。或奔跑，或搞怪，或舞蹈，或游戏，大人小孩都回归本色，放浪形骸。一群平均年龄在60岁上下的老太太手拉手跳起锅庄，唱起"北京的金山上……"。女儿也跳起来要我为她拍摄凌空跃起的照片，然后还要我和她一起跳。白雾像流动的幔纱，一会儿把人们藏起来，一会儿把美景带过去。

一群游客在旁边看马，这是一只母马和一只小马驹。一个游客从后面过去试探着摸了一下小马屁股，却被母马用后脚猛地蹬过去，虽没有蹬着游客，却把游客手中的袋子踢坏了，花生、薯片掉了一地，正好做了马儿的美食。人们哈哈大笑："事实雄辩地证明了，原来马屁是拍不得的。"趁马儿专心享受美食时，人们纷纷和马儿合影。

横穿草原，兴趣浓浓的我们向下一个景点进发。

大片大片整齐的松林在山冈上绵延，轻雾笼罩在林间，地上洒满褐黄色的松针，非常漂亮，唯美的场景，只恨自己无法忠实地记录这样静美的风景，回去一定好好练习摄影技巧。如果此时有一缕阳光能透进来，我真不想走了。可惜阳光对于仙女山是一件非常稀罕的东西，从草原出来时见到过几次阳光，都只有一两分钟，估计是从云隙里偷偷跑出来的，被发现了又被抓了回去。

仙女山最美的还不是美景，是仙气。仙女山上的空气非常纯净湿润，完全是最原生态的氧吧，可以洗涤你红尘中的所有污浊，可以让任何老化的心脏变得年轻，我们约定一起深呼吸，把胸腔里所有的气体进行置换，把血液里沉淀的病毒全部排出来。

在菩萨垴喝了仙水，请算命先生算命，却算出一个"俺是北大的"的典故。呵呵，这个典故嘛，天机不可泄露。

遛马场吸引我们的不是遛马，而是"赶场"，很多的牧民在那里出卖自产的农副产品和野生动、植物产品，形成一个自发的市场。烤土豆特香，但最好吃的还是荞麦粑粑，守着火盆，边吃边烤，烤出来的锅巴焦黄焦黄的，又香又脆，啧啧啧，美味。那边有人在吆喝吃豆花饭了，有饭店？我们循声而去，原来是一些牧民看见每天在遛马场逗留的遛马人、卖山货的、游客等有上千人，于是就将豆花饭送到山上来卖，10 元一份，随便你吃多少，我们居然每人都吃了两大碗饭和两大碗豆花，实在吃不下去了，才恋恋不舍地丢下碗筷。

原生态的仙女山最吸引人，我们相约下次还去。看了仙女山，便觉得其他的景色已没有必要在看。

于是决定向贵州道真出发。

查查地图，从武隆原路返回南川再去道真，有 200 多公里，而在武隆和道真之间有一条省道直达，才 106 公里左右于是决定走捷径。谁知道，一念之差，我们差点万劫不复。

8月4日夜·雨夜·惊魂之旅

武隆，是一座沿乌江而建，位于山脚的县城。下午 5 点多钟，我们的车穿城而过，和所有南方山区城市一样，这座城市普通而寻常。

在城郊找到那条省道时，我们的心就凉了，省道？连村道还不如。却还依稀有省道的痕迹，原来这路确实是省道，但基本已经被废弃了。朋友说他以前走过贵州境内那段路况比较好，重庆这段距离不长，于是咬牙走吧，谁知道路越来越烂，出城 3 公里左右就是武隆旅游的一个主要景点——黄柏渡漂流，也没时间去看看，专注开车，选择行走路线，一不小心就是一个坑凼。这路实在太烂了，整整经过近三小时才跑完 40 公里，到达重庆贵州交界处，天色已很暗了，这里浓雾弥漫，位于悬崖之上，看样子昨日才发生了垮崖，路面上还有很多的积土和清理过的痕迹，担心遭遇不测，

我们小心而迅速地通过，心都提到嗓子眼了，旁边就是上百米深的悬崖，后来才知道当年修筑这条路时，死了不少的民工，从悬崖上掉下深渊，

想起后背都冒冷汗。

　　跨过那道雄伟而破败的省界牌坊，进入贵州境内，路况比重庆段稍微好些，刚走了不远，天色完全黑了下来，又突然下起暴雨，眼前一片雨幕，几乎无法看清道路，路面由于废弃无人维护管理，仅剩下四五米宽，弯道多且险、急，基本在高山上曲折盘旋，只能靠路边的庄稼和野草判断公路外沿的位置，由于路面被雨水完全淹没，已无法看清路面，且不熟悉路况，经常是突然在眼前出现一个270度的急弯，旁边就是悬崖深渊，这时已根本没有时间去恐惧了，下一段路程会是什么样谁也不知道，下一分钟会遭遇什么谁也不知道。雨没有停的迹象，越来越大，倾盆大雨已不能形容，还夹杂不停的闪电和雷声，路边的山上不时有洪水夹杂着泥沙泄下。担心遭遇泥石流的我们只能努力地前行，希望尽快到达安全区域。

　　老婆和女儿将眼睛闭上，在他们看来，恐惧是一种感受和情绪，看不见危险，恐惧就没有那么强烈。

　　但其实恐惧不会因你的闭眼而消失或减轻，而我更不敢大意，身体前倾，瞪圆了眼，握紧了方向盘，右脚时刻放在刹车上。在一个拐口，突然在雨幕中看见一团白色的浓雾迅速袭来，一瞬间就将车身包围，眼前只看见白雾，灯光被白雾完全吞没，我赶紧一脚紧急刹车，不敢前行，四周突然安静下来，只有疯狂的雨声啃噬车身的"啪啪"声，出奇的恐怖，漫无边际的恐惧笼罩了车上的所有人。犹豫了一分钟左右，不敢耽搁，怕旁边的山上滑坡下来把我们掩埋，那样的话，我们别奢望救援，估计人车消失也没人知道。雨太大，漆黑无人的荒野之地，我们也不敢下车去探路。未知的恐惧到了极限就是无惧了，我们决定冒险前行，朋友用户外活动的强光手电冒雨伸出窗外，照着车前几十厘米处的右侧路边野草测距，我把刹车松开一丝丝，车轮一厘米一厘米地挪行，此时，前方是悬崖还是深渊已无法也无暇去预测了。好几分钟后，雨幕又出现在眼前，我们终于穿越了浓雾的包围，但还来不及欣喜，眼前又是一个90度的急弯，旁边的悬崖似乎是魔鬼张开的血盆大嘴，在等待冒失闯入的人们，这种只有电影里才有的离奇惊险场景，把我们吓出了一身冷汗。离开这段危险路段后，眼前的倾盆大雨也不再让人恐惧，而是变得亲切起来，因为相比浓雾，反而是一种安全的标志。感慨之余，车内响起今晚以来的第一次轻松的笑声。

来不及放下心情，刚走出几十米，灯柱照射下，又见一团浓雾从悬崖下升腾起来，"妖雾"，大家不约而同地惊叫起来，心一下子揪了起来。我怕再次遭遇刚才的局面，四周漆黑一片，灯柱照出的视线只有10来米远，还模模糊糊的，根本不敢加速冲过去，只得赶紧刹车，眼睁睁地看着浓雾张牙舞爪地扑过来，束手待缚……庆幸的是，浓雾源源不断地从悬崖下升起，扑到公路上距离地面2米左右的高度掠过车顶向更高处升上去了，我们的车刚好可以从雾下穿越，怕浓雾反悔了折回来包围我们，赶紧启动车子迅速通过……

刚松口气，仪表盘又鸣叫起来，快没油了。进入贵州界就亮起来的油表红灯开始报警了，看样子车快开不动了。怎么办？前无人烟后无车来，哪里可以加油？如果今夜做山大王的话，是一件完全不敢想象的事儿。但在这样暴风骤雨的特殊气候和地理环境下，容不得我们思考，走吧，"哪里黑哪里歇"，走到哪里走不动了再说。那"滴滴滴"的报警声在风雨声中格外的醒目刺耳，瘆得人发慌。

灯光终于出现在漆黑的前方，像一盏希望的启明星，前面有个小镇，暴风雨中的小镇显得格外地柔弱，好像一阵狂风就可以把它卷走。我们侥幸地想，有集镇应该有加油站吧，可是，走完小镇都没有见到加油站。我们彻底失望了，因为在这样的镇上，加油站一定是建在这唯一的公路边，现实告诉我们，还得继续下一个期待……又是10多公里，终于一个微型加油站出现在一个山坳上，几盏昏暗的灯光在我们眼里是那么的明亮，这是一个几十户人家的聚居点，我们正在兴奋时，老板出来了，一句话让我们从头冷到心："只有柴油。"崩溃！彻底让人崩溃！

我们只得硬着头皮继续前行，在油表灯亮后，低速行驶的情况下，我们竟然跑了40多公里。终于，看见县城的灯光了，第一件事就是赶紧找加油站。

看看时间：晚上 10 时 30 分。5 小时的历险记终于结束了，坐在朋友家饭桌前吃着喷香的饭菜，才有了些回到地面的踏实感觉。

8月6日·山谷·悠闲之旅

5 日在家休整半日，几天的疲惫得到了恢复。下午，朋友带我们去吃道真的贵州小吃，一种油炸的豆腐丸子，很酥脆的外壳，里面白白的豆腐很嫩，还有些微甜，蘸上特制的香酱，特别好吃。还有一种土豆饼，用土豆泥加面粉之类的做成烙饼，用油炸得金黄金黄，也是蘸上酱，很好吃。一个豆腐丸子，一个土豆饼，一碟香酱，两元一份，这家程记小店生意好得出奇。

晚上，朋友邀请去吃牙签肉和烤鱼，很有特色。回家时已是 12 点过了。

6 日上午，我们想出去看看道真县城情况。开车出了县城 3 公里左右，有个叫"桑女仙村"的小村庄，名字很有诗意和仙气，但没时间去打听如何得名的。从村子里绕上盘山小径，七弯八拐，到达山顶，这里居然有一大片的茶园，对于从著名茶乡来的我们，看到茶园，便有了一种很亲切的感觉。绕到后山，这里可以鸟瞰整个道真县城。县城位于群山之中的一个

数平方公里的平坝上，老县城不大，尽是低矮灰黑的老房子，新区那面是几条大街，几平方公里的城区，可以看出一派新气象，和中国所有的城市一样，这几年在快速地发展。道真和邻近的务川两县，是我国唯一的仡佬族聚居区，全县的仡佬、苗、土家族等少数民族占全县 33 万总人口的80% 以上。县名是为了纪念一个叫尹道真的著名鸿儒。尹道真，又名尹珍，汉武帝时期，在黔北一带开馆办学，传播文化，开启民智，影响了整个贵州地区，因此后来朝廷以其名设珍州、真州、真安（正安）州、道真县，可见后人对这位学者的尊崇，今在县城的尹珍文化广场上还有尹先生的铜像。怀古思今，思绪万千。蔚蓝色的天空下，远山苍黛，白云悠悠。景色不错，我们的心情也不错。

下午，朋友有事，我又不甘心待在家里，开车载着老婆、女儿出城转转。任意选条公路而去，经过大坝土家族自治乡，一路慢慢欣赏窗外的风土人情。不知不觉就10多公里了，我们正准备返回时，突然发现山下有条小溪，还有条小小的瀑布，欣喜至极。呼妻携女，提瓜带果，冲下小溪，溪水清澈得让人急切地想泡在里面，抹掉鞋袜，才发现溪水竟然冷得刺骨，把脚浸泡在水里，过一会还得让脚离开水面，不然受不了。尽管天上的太阳火辣辣地炙烤着大地，但山谷里没有一点的暑热，酷暑的季节有这样一处凉爽之地，比待在空调房间里还惬意，绝对是一种享受。

搬来几块平整的石块作坐凳，围成一圈，把自己放进小溪里，刚才路上买的西瓜和葡萄就放在溪水这天然的大冰箱里冰冻着，边吃边欣赏溪谷的风景，夕阳映在溪水里泛着金光，别有一番桃源之趣，不亦乐乎！

远处没有"南山"，近处却有瀑布，像白色的珠帘挂在崖壁上，下面一个小小的深潭，深不见底，水面绿莹莹的，我们只能在旁边看看，不敢近前。溪里全是小石块，是那种开采石料后留下的废渣，赤脚走在溪水里特别的硌脚，这是唯一的遗憾。不过，这一点儿也不妨碍我们的乐趣，小心翼翼地在溪水里行走，水底的石块不仅尖利，还有青苔，很滑，一不小心就要摔倒，我们只能"摸着石头过河"。累了找一块石头坐下来歇歇，看看普通的风景，呼吸清凉的空气，境由心造，境由心生，心情决定风景，我们忘情于这处不起眼的山谷。女儿率先和我们打起水仗，兴奋之情溢于言表。溅起的水花打湿了我们的衣服，也洗濯了我们一路的风尘。

这样的时光，这样的山谷，适合放下一切红尘俗事，安静地享受一个夏日午后的悠闲时光。

天色已晚，朋友打来几次电话催促回去吃饭了，我们才有些不舍地离开。

8月7日·故事·金银花之旅

朋友的岳父张叔在道真发展的金银花产业已初具规模，小有名气，有数千亩的金银花种植基地，所采摘的金银花加工成优质的金银花饮料，由于其品质优良，绿色天然，有很好的保健作用，在市场上非常畅销。

高县一家知名茶叶企业的老总和我们也是朋友，他得知张叔发展金银花的情况后，很感兴趣，因为茶和金银花之间有太多可以沟通和相通的东西。在朋友相邀下，他当天凌晨6点出发，专程从高县赶来。中午12点，我们在贵州207省道旁的大谦镇会合。

午餐后我们沿碎石铺就的机耕道上山，大约5公里的山路确实很难走，但经历了最恶劣极端天气和最糟糕难行道路的我，这点困难根本就不算一回事了。

张叔的金银花基地位于这连绵的群山之上，八月份已过了金银花的采摘期，但一些迟到的金银花还挂在枝头，像一根根银针，又像一管管银毫，准备在蓝天上书写激情的诗篇；有的已完全盛开了，像一群舞者在绿色的舞台上忘情舞蹈，婀娜多姿。金银花初开时是银白色的，一天后呈金黄色，所以称为金银花。盛开了的金银花只能做中药材，做饮料的金银花必须在未开花时采摘其芽孢，而且当天采摘必须当天加工杀青、烘干，然后精选分拣、包装。基地里除了金银花，还有各种中药材，这些都是贵州独特的黔药的重要药材，一行行一片片，已经成林，长势很好，张叔说这些中药材明年就可以收获了，会带来丰厚的利润。

当年开荒种植金银花和中药材时，保留了一些野生的水果树进行嫁接，有李子、苹果梨、板栗、核桃等。采摘了些成熟的李子、苹果梨，坐在树荫下品尝，味道纯正鲜美，比起那些名贵的水果来，更好吃也更安全和放心。在张叔欣慰的笑容里我看到创业的艰辛，也看到付出换来的回报。

张叔一生都是个理想主义者，他不安于稳定而平静的生活，他一直都想创业，闯出一片属于自己的天地。经历坎坷的他每一次面对失败都不言败，收拾行囊再次出征。在临近晚年时终于成功了。当年承包下这片大山，开荒种植金银花时，他和民工们一起日晒雨淋，在林子里搭个窝棚，啃着干粮的艰难日子，虽然刻骨铭心，但他讲起来，只是淡然一笑。当年为了研发优质高产的金银花，他聘请山民带路在深山里寻找野生金银花，通过多次爬山钻林，终于找到野生原种的优质金银花，经过多次嫁接改良，像照顾孩子一样精心培养，费尽心血的努力终于换来了成功，现在张叔栽培的品种比普通的金银花产量高出数倍，且品质更好。

行走在基地里，我们感觉到一种勃发的希望。现在，张叔把目光投向了更远的目标，和多家科研单位合作，进行金银花的深度开发，准备让更多的人认识贵州金银花的价值，品尝金银花的美味。

张叔的公司叫千山药业，提到"千山"，我的眼前就浮现出莽莽群山，浮现出一片片盛开的金银花。大山深处，一个仡佬汉子奔波的身影和他的创业故事。

而我，也被这小小金银花的魅力打动和感染。

8月8日·探险·小华山之旅

一早起来就被催促着赶紧出门，匆匆吃碗贵州米粉就往小华山奔去。此华山非彼华山。这是位于贵州大沙河自然保护区边缘的一个景点，具有非常独特的喀斯特地貌。去过的朋友告诉我，山上经常云雾缭绕，风光旖旎，并拿了去年的照片蛊惑我，云雾中的景色让我心痒。

从道真县城到景区大约30公里，到达景区接待处稍事休息后，我们就向景点出发，沿着一条2米左右宽的茅草路向密林深处延伸，路边开满各色各形的野花，这是一条名副其实的花路。脑海里突然就蹦出一句歌词："路边的野花为谁开又为谁败，静静地等待是否能有人采摘……"那优美的歌声似乎在耳畔萦绕。

这里位于海拔1500米左右的山巅上，奇峰林立，怪石嶙峋，险峻非常。沿着长满苔藓的木栈道，来到悬崖边，这里就是传说中的"天门洞开"。一道巨大的石门裂开在我们眼前，旁边一块石头上还有一个长条形的裂缝，极像是门把手。仰头而望，蓝天白云就在近处，俯视下去，一幢幢民居掩映在森林里，渺小得像几只洒落人间的小盒子，又像几只小船飘荡在大海上，一种从天上鸟瞰人间的感觉。天门的下角，一块石头突兀出来，很像一尊怪兽雕塑，让人惊叹大自然的鬼斧神工。突然间，一团团浓雾从人间升腾起来，一会儿就把四周笼罩起来，景色也若隐若现，变幻莫测，有一种腾云驾雾的感觉，正当我们陶醉于这仙界般的奇妙时，一缕阳光从云层里射下来，身边的云雾渐渐散去，天空也变得晴朗起来，眼前一下子清晰异常，奇峰异石扑面而来，有的像猪八戒，有的像唐僧，更妙的是在一块巨石下，有一个小洞穴，洞里居然有一块小石头，远看很像一只猴子，巨石的上面有一块石头，像是从天空飘来的观世音菩萨……

导游告诉我们，那面还有更绝的景色，行走在遮天蔽日的林间，阳光透过叶隙漏下来，斑斑驳驳的，像一幅抽象派油画，藤蔓缠绕的栈道上长满厚厚的青苔，绿得诱人，褐色的木板栈道更显出古老的沉淀，很有历史的沧桑感。形态各异的各色野花色彩生动，有的像紫色的蜗牛，有的像粉色的铃铛……

森林边缘突兀而起一块数十米高的巨石，像一柄利剑直插苍穹，背阴的一面长满黄褐色苔藓，向阳的一面光秃秃地在太阳下泛着银光，像一柄阴阳剑，这块巨石有一个非常豪气云霄的名字："金剑问天。"

再沿林间往上行走，由于坡陡难行，前人就地取材，用木块铺筑而成一级级的木梯，蜿蜒蛇行，显现了山民的智慧。一条斜行的小路通往悬崖边的观景台。这个所谓的观景台，其实就是崖边的一块巨石，脱掉鞋子，抓住树枝、野草，借助石隙，像猿猴一样攀缘而上，顶端有一个凹处，可以站下一个人。爬倒是爬上去了，但腿却开始发软，下面就是让人头晕目眩的深渊，周围是座座高耸林立的石峰，稍有不慎，就会摔下去，那可是一副不敢想象的惨象。我倚着身后的石块，半站半蹲保持身体的稳定，放眼望去，这里可以看到整个景区的主要风景，远山绵延不断，视线所及处都是青黛色的森林，山下阡陌纵横，公路像飘落的白色丝带……眼前的景色让人心旷神怡，恐惧不再，刚才的心神不宁被大自然的神奇魅力所消遁，忍不住放声大吼："哦，哦，哦……"通体轻松畅快。

　　女儿看见我们的兴奋之情，也偷偷爬上来，但却被一块石缝卡住，周围是一丛丛长满尖锐利刺的植物，她在那里上也不是下也不是，抱着一块石头一动也不敢动，最后是朋友在下方抱住她的脚，她一点点松开手，才把她安全地接了下去。

　　山顶上有一座观景木楼，全木修建，连屋顶是用木板和树皮铺设的，这里视线更开阔，"一览众山小"原来就要在这样的高度才可以深深地体会。远近各不同，俯仰皆风景。远处的悬崖上一丛不知名的灌木开着金黄金黄的花儿，更远处，湛蓝湛蓝的天空，一片一片的白云，阳光下，目光尽处，泛着金光……

浮光掠影　彩云之南

云南行三日，正如我的标题一样——浮光掠影，但也收获颇多，在世博园绿草坪上收获一份宁静，在东川红土地里收获一份欣喜，走在会泽那青瓦飞檐的街道，竟然收获了一份心情。原来拖着老长老长的身影，不要心情没有思想地走走，就是一种幸福……

风和日丽与冰天雪地

留够回家的时间，让心情没有任务，让风景没有预期，向南出发。

正月初四清晨，当我们驾车离开高县的时候，久雨的天空迎来了2009年的第一缕阳光，择日不如撞日，真是好日子。

从兴隆上了高速公路往昆明方向而行，沿途风景都没去注意，车内一片欢声笑语，奔波于生活、工作的疲惫，盼望一个假期，却在春节的喧嚣中度过，于是和朋友相约，出门走走看看，给心情一个真正的假期，所以当愿望终于成行，我们还沉浸在那份兴奋中。

在两山夹峙的山谷里穿行，山势险峻，除了大山比四川的高峻很多外，感觉不到已进入云南了，从山谷仰望，瓦蓝的天空上偶尔镶嵌一片白色云彩，阳光很舒服，也就无缘欣赏云雾缭绕的美景。记得曾经到云南时，正值雨雾的时候，群山被云遮雾绕，高高的山头偶尔像孤岛露出海面，在云雾里穿行，漂浮的云雾如絮如棉、似纱似幔，像瑶池、如仙境、若幻觉。今天这种阳光灿烂的日子，自然看不到云雾缭绕的美景了，不免有丝丝遗憾。

车出凉风凹隧道，一片银白的世界让我潜意识地赶紧踩下刹车，是时空错乱了吗？刚才还在风和日丽的明媚南国，一下子就来到了冰天雪地的北国？漫天遍地的雪，把青黛的群山变成了银白的世界，一派旖旎风光，树枝上、房顶上、公路护栏上，到处都是厚厚的积雪，路边已有车辆停车拍照，孩子雀跃起来，"雪啊，我要雪"。在避车道把车停好，钻进隔离带中间那宽阔的绿化带里我们疯狂地拍照，孩子抓起雪打起雪仗，大人们也像孩童一样参与进来，顿时雪弹飞舞，或进攻或逃窜，惊落松枝上厚厚的积雪……所有的语言都只剩下一个字："雪。"成熟被幼稚击溃，复杂被简单融化，在自然面前，我们原来可以活得这样单纯。

女儿的小手被冻成红萝卜，她还不过瘾，捏了很大的两个雪团，她要带上雪同行。

土豆公主与饥肠辘辘

凌子口，一个让司机"谈凌色变"的地名，只在山下见到开始融化的

零星雪点，爬上凌子口却没有见到半点雪星。凌子口还是川滇在地理上的分水岭，连续三十公里的长坡后，穿越隧道，我们就进入了云南高原。和水富、大关一带的崇山峻岭完全不同的地貌，地势渐渐平坦起来，一个巨大的高原盆地出现在面前，这就是昭通古城。

昭通这座古老的滇北重镇，自古有"搬不完的昭通，填不满的叙府"一说，其繁华可见一斑。穿城而过，在城郊接合部的一个繁华广场边上，终于找到一家宜宾菜馆，下午两点半，吃到了进入云南的第一餐饭。乘隙赶紧去转转，几个"罗俫族"（应是彝族）女人在卖一种核桃做的糖果，很好吃，弥漫着浓浓的乡土气息，想起小时候母亲做的"糙米糖"，想象在大山深处，古老的山寨里，门前那高高的核桃树上一个个青涩的核桃在山民们的劳作

中渐渐成熟起来，剥开一个个坚硬的外壳，然后用"麻糖"把核桃做成独具特色的糖果，用云南女人坚实的步子翻越贫瘠的山道，背负着沉甸甸的希望来到这繁华的城市，在这喧嚣的都市一角，守望着未来……

告别昭通，继续向南，高速公路再次延伸进入高高的大山深处，火辣的太阳、碧蓝的天空、绵延的大山，无一不告诉我们云南独特的地理特征。女儿叽咕了一个上午的心愿在昭通终于得到满足，炒土豆、炸土豆、烤土豆，土豆块、土豆条、土豆丝，中午饭就只吃土豆，上车还带上一大袋土豆，我们都笑称女儿是"土豆公主"，她妈妈客串了一回记者，采访她："土豆公主，你为什么喜欢吃土豆啊？"她骄傲地回答："喜欢是不需要理由的。"很有哲理的一个答案，掌声四起，名副其实的"土豆公主"。有时候我们在孩子无意的语言中可以获得最朴实的灵感，是啊，喜欢是不需要理由的，热爱是不需要文字的。

"土豆公主"的称呼从此成了女儿的昵称，每到一处，都要找土豆，没土豆就吃不下饭，让我们哭笑不得。就连身上过敏长起小痘痘，我们吓唬她是吃土豆引起的，不能再吃土豆了也没用。我们又骗她云南的土豆和四川的土豆不一样，云南的土豆要过敏，她说"我知道云南是土豆之乡，你骗我。"呵呵，软硬不吃，就吃土豆。后来在红土地那晚，我们在联系农民吃夜饭时，她抢先报名要吃土豆丝，否则不吃饭，彻底无语了。

到昆明已是晚上九时了，第一次来到春城，竟然不知怎么走，一路问到市中心，找到一家宾馆住下，已经是饥肠辘辘了，赶紧外出找吃的，可是走完几条大街也没吃的，又穿小巷，还是没吃的，才知道夜已深，十点的昆明竟然没我们吃饭的地方，连找一家卖小吃的都成了奢望，最后无奈之下，只好接受唯一的选择——买上几盒"方便面"，回宾馆吃泡面，算是昆明对我们的欢迎。

世博花卉和滇池印象

曙光降临昆明的时候，我们已在路上，世界园艺博览园，已成了昆明的一个标志性的地方，当然要去看看。

景区门前，美丽的三色堇开始诱惑我们的脚步，三色堇有很多美丽的传说，有传说认为三色堇上的棕色图案是天使来到人间的时候，亲吻了它三次而留下的，又有人说，当天使亲吻三色堇花的时候，她的容颜就印在花瓣上了，所以每一个见到三色堇的人，都会有幸福的结局，所以在数十亩大的世博园的广场上，全是各色的三色堇竞相开放，迎接游人，花的世界花的海洋，那么多美丽的花儿可以说是女儿有生以来第一次见到，兴奋之情溢于言表，这里要照相，那里要照相，和米老鼠合影，和花仙子姐姐合影，我成了专职摄影师了。和花仙子合影是不需要花钱的，但和大象合影是要 25 元一次的，呵呵。

异国风情是景区最大的特色，中国的、外国的，亚洲的、欧洲的，热带的、温带的，各类植物异彩纷呈，各色花卉色彩斑斓，确实大饱眼福，在这里，就是最蹩脚的小孩都可以是最高明的摄影师，随处都是风景，满眼皆是新鲜。

古话说：习惯了就麻木了。我说：眼花了就缭乱了。对于世博园，留在我记忆里的不是三色堇花，不是异域情调，更不是现代建筑，定格在我记忆深处的是一幅图画：树林边，一片青草坪，像一张绿色的毯子，让人眼睛舒服得想去躺躺，阳光从树隙间漏下，在绿色的草坪上绘出一幅印象派画作，一枚红叶，就那样静静地憩在绿色的草毯上，沐着光影，仿若与身外的喧嚣无关……

出了世博园，按图索骥，横穿市区，寻找那传说中的"高原明珠"，一番折腾，终于来到了滇池，景区门口的繁华与喧嚣让我迟疑，这里能有那种赏水的宁静吗？没有心静怎么赏水？赏水是需要一个"静"字的，但既来之则安之罢，心静应该源自心境。

撇开涌动的人潮，我们在一个稍微静一些的湖堤边停下，极目望去，碧波连天有些过了，但确实是烟波浩瀚之地，这方圆 330 平方公里湖面让人有一种从眼睛到心底的舒服，蓝天白云，鸥鸟翻飞，习习湖风掠过，有一些恍惚好像置身海边。湖边遍植垂柳，坐在树下，倒也惬意，只是湖水太脏，有些悻悻然。

几条古船搁在岸边，是见证湖水的变迁还是讲述岁月的沧桑，我们不知道。

美哉红土与千年龙树

朋友"笑看凄凉"曾经去了一次东川，美轮美奂的红土地悄然之间就把我们洗脑了。看看地图，东川到昆明才 100 多公里，待在城市不如去圆那个梦。走，到东川去。

到了东川才知道地图是最不可信的，最可信的是自己。还认为出了东川红土地就很近了，结果还远得很（据说 90 多公里，差点疯掉），去还是不去？虽然担心去了后悔，但不去又担心遗憾，何况这么远的路程，犹豫再三，还是决定宁愿后悔，决不遗憾。幸好这一伟大的、英明的决定挽救了我们的云南之行，才让云南之行真正地不虚此行。

小车在漆黑的公路上左转右旋，升腾下降，窗外是连绵不绝的群山，这一带是乌蒙山脉的腹心地段，我想起"乌蒙磅礴走泥丸"的著名诗句，

但我没有心情去感受，身下很远的地方偶尔有几点细小的亮点，那是山民家的灯光，让我们可以揣测这大山有多高多险，公路边就是悬崖峭壁，我们的心都悬了起来，朋友直叫不要说话，怕分散了注意力，谁知道这样一来，大家就更担心了，前路还有多远，我们不知道，能否看见红土地，我们不知道。就在这样的担心和焦虑中，突然看见远处有车灯闪现，勇气可嘉的我横下一条心——"拦车"，幸好对方看见我们是川 Q 牌照，不然这荒郊野岭的还真不敢停车，对方的车刹了好远才停稳，原来是一些成

都自驾游的返程旅客，告诉我们再走 20 多公里就可以看红土地了。

有方向就有希望，有目标就有信心，车轮也似乎变得轻快起来，车灯如剑刺破夜空，大约一小时后，终于看见路边几处人家，其中一家挂有"红土地旅游接待中心"的牌匾。停车一问，到红土地镇还很远，但这附近已是主要的观景点了。接待中心已客满，在附近找了一家"红土地摄影农家乐"住了，凑合着吃了晚饭，住宿条件还马马虎虎，最恼火的是没有热水，郁闷中，没有洗漱就上床睡觉。第二天我们才明白原来最美的风景总在下一刻才出现。

吃晚饭时大家商定第二天起来看日出，然后拍摄红土地，全体通过。清晨，5 点半，大家起床，满天繁星，看来我们的愿望能够达成了。结账出门，一公里多路，看见远处群山绵延，视线良好，这里正是一个绝佳的观日出的地点，于是停车等待日出。下得车来，才初次领略了乌蒙山的山风有多大多冷，人几乎站立不稳，围上厚厚的围巾还冷得发抖，于是我们在这黑暗而清冷的公路上开始跑步锻炼增加身体热度，可是山风实在太冷，跑步也没有效果，冷得直哆嗦的我们还是坚持把眼睛盯住远方，开始泛着丝丝鱼肚白的山梁。呵呵，在海拔 3000 多米的乌蒙山顶冒着寒风晨练、观日出，这段记忆绝对可以让我们在多年后回味无穷。

远山后面的天空渐渐亮了起来，黑白的云彩被涂上一些淡淡的彩色，我们也可以朦胧地看见周围的景象了，不远的地方有棵大树，冠幅很大，突兀地立在光秃秃的山巅，和周围的荒凉相比，确实有些独特，仿佛一个岗哨在守护着这片大山，旁边一块石碑记载着它的历史，原来这是一株冷杉树，已有上千年的历史，因其"如王者、像战神、似灯塔，在红土地景区独树一帜"而被称为千年老龙树。

天空的颜色开始斑斓起来，暗蓝色的天空下云彩仿佛要被火焰点燃似的，似乎有光芒要冲出羁绊，太阳要出来了，我们屏住呼吸，激动地等待太阳跃出山巅的那一刻的到来。所有的相机、手机都对准了远处的山巅。出来了，出来了，随着一阵惊呼，一团火焰突然从山后面跃出，根本没有任何的机会给我们思考，万道光芒就奔泻而出，洒向群山，刺得我们睁不开眼睛，完全不似我们四川的太阳从柔到烈，也许这就是大山和盆地的区别吧？我们狂喜，不停地按下连拍快门，记录这难忘的日出。突然一团厚厚的乌云遮挡了太阳，顿时阳光像瀑布一样从云层后泻下来，形成了非常难见的光瀑，犹如悬崖上那倾泻的瀑布，那景色不是一个美字可以形容，只恨语言苍白，不能用文字形容我们的心情，"老天不薄"，让我们欣赏了如此瑰丽和壮观的日出，这时所有的人都为昨天决定看日出的英明决定而庆幸，纷纷赞叹这是我们云南之行最大的收获。

这时我们开始羡慕那棵千年老龙树，也许是一份诺言，也许是无数的坚持，在这凄冷的大山上孤零零地守望着大山的梦想，一诺千年，也许正是有了这美丽的日出，才有了它千年的坚持，我们有理由相信老龙树的梦想不会太遥远。红土地已成了东川的一笔财富，有人说红土地是一个"杀手"——谋杀了全世界摄影爱好者的菲林（胶片），近年来越来越多的人奔向东川就为了一睹红土地的风采，也为当地的村民带来了致富的机会，公路修到了大山里，农家乐生意火爆……红土地虽然是大山贫瘠的标志，但也是上天赐予大山的财富。

太阳出来了，才发现我们的脚下、身边，全是红色的土地。触手可摸，原来这就是那神秘的红土地啊。随着阳光的强烈，红土越来越红，土壤里丰富的铁元素在阳光下将群山映现成一个红色的世界，沟壑、山峦、野草、庄稼让群山变得层次分明、色彩斑斓；村庄、炊烟，轻快流畅的线条、宁静恬淡的景色，勾勒出一幅典型的高原田园风光。据说除了澳大利亚外，这里就是世界上面积第二大的红土之地，这样难得的景色当然让这里成了摄影爱好者最爱光顾的地方。

我们不敢说摄影，那太专业，置身在这神奇的天堂，我们只是努力让自己简陋的相机尽可能多地记录下红土地的梦想，也记录下了老龙树期望的目光。

行走山水

十万大山与运铜古道

太多的"恨"由心生，除了文字在自然奇迹面前的苍白，更恨自己相机的低级，不能全面真实地把自己的感受记录。为了不糟蹋红土地的美名，也为了利用有限的时间欣赏更多的美景，我们决定离开红土地，走进古城会泽。

查看地图，东川到会泽只有88公里，出了东川城，我们向北往巧家方向而去，公路虽然不宽，但路面较好，穿行在峡谷里，两山全是贫瘠得连草都没有的大山，大山，除了大山，还是大山，在目光所及的大山的顶上竟然还有人家，一座座连绵的大山像一张张的脸，或狰狞，或怒目，或刻满沧桑的皱纹……很多的地方，大山出现断面，像一个个红色的伤口让眼睛发疼，让我想起地震后的北川，更联想这大山上的山民们那可以想象的贫穷和落后，别说富裕，就是爬上这高高的大山都是件太难的事啊，莽莽苍苍、无边无际的十万大山，你的背后有多少的无奈和无语啊。

大约80公里二级路，车到距离巧家52公里的地方左折而行，进入乡村公路，道旁是一条河谷，村民们利用夏季来临之前，在河滩上种上西瓜，三月底的时候就可以收获了，据说这种西瓜特别甜，特别好吃，那个时候到东川去看红土地，不仅可以看到红的土，黄的花（油菜花），还可以到这里来品尝西瓜，眼福口福都饱了，可惜我们这次没机会了。不过我们在道旁遇到几个卖柑橘的村民，橘子个大皮薄味道还确实不错，消减了我们的饥渴。这里也是我们唯一看到有经济作物的地方。

道路从这里蜿蜒曲折而上，在半山上，我们再次发现了惊喜，一个观景台立在路边，告诉我们这里肯定有段历史，停车之后才知道，这里原来是娜姑铜运古道遗址。东川自古即铜业发达，有"天南铜都"之誉。但由于古时崇山峻岭，悬崖陡峭，道路难行，向朝廷纳贡的岁铜运输艰难，清时一乡绅出资修筑驿道，减少路程，也改善道路状况，得到政府和村民的赞誉,故立碑铭记之。其实老天从来没有厚此薄彼,除了我们目光所及的红土地,红土地下还深藏着无尽的宝藏,除了开发较早的铜业,还有储量较大的磷、铁、黄金、铅锌、汉白玉、墨玉和石灰石。据说,一个储量巨大的世界级金矿即将浮出水面。

翻越这座大山,一条水量丰沛的小河出现在眼前,阡陌纵横,田畴上蔬菜茂盛,一派勃勃生机,会泽到了。

会泽古城与幸福时光

会泽,位于乌蒙山脉主峰地段,南丝绸古道重镇,商贾云集。会泽之名,源于境内金沙江、牛栏江、小江、以礼河等数水汇合而得名。西汉建元六年(公元前135年)置堂琅县至今已有两千多年历史。各省商贾均建有别具一格的会馆,如湖广会馆、江西会馆等。

慕会泽之名,不是因为它境内著名的黑颈鹤,也不是因为这里有声名远播的"小熊猫"烟,而是因为一句戏言"南有丽江、北有会泽"。丽江太远,如今会泽就在我们脚下。匆匆吃过午饭,就打听古城所在,驱车而去,原来就在车站附近。

一条古老的街道位于闹市的中心,青石铺就的街道上热闹非凡,两旁是古老的民居,青瓦、飞檐、板壁,处处显示出古老的痕迹,屋顶上丛生的野草,让我们怀想历史也许就蜷曲在那丛狗尾巴草里慵懒地休憩。蹲在屋檐下吆喝山货的村民,提篮沿街叫卖蔬菜的大娘,街头拉二胡的盲人,

匆忙穿过的摩托车,还有那些弥漫在耳畔的流行音乐汇合成嘈杂的喧嚣。蓝得耀眼的天空,红得醒目的灯笼,阳光很好,心情也很好,什么也不想,什么也不做,就这样漫无目的地在街道上溜达。春日的这个午后,就这样尽情地享受阳光,或者看看身边忙碌或悠闲的人们,看看时光在屋檐上留下的记忆,或者蹲下去装模作样研究一下岁月刻在青石上的皱纹……甚至,不要思想,就这样随意地走走……长长的街道上我们的身影被一群老年人

吸引，他们坐在不知哪户人家的屋檐下，讲述着那些古老的故事，脸上的每一处褶皱里都溢着满足，幸福原来就是这么简单，午后的阳光就在这份安宁中变得漫长起来……

告别这乌蒙山下的古城，我们向北而行，踏上返程，向乌蒙山余脉的家乡进发。过昭通，出凌子口，天空便灰蒙起来，蓝天已经遁去，群山被云遮雾绕，天空偶尔飘起几丝雨星，云南渐行渐远了，过大关，上高速，水富就在眼前，晚上九点我们在水富吃了最后一餐晚饭，然后踏上了回家的最后一段路程。

寻找南广河源

二十年前中央电视台播放的一个节目——《话说长江》，让许多的人第一次知道了南广河，这条在地图上甚至都找不到的河流，作为万里长江第一支流的南广河，《话说长江》是这样形容的："南广河就像一个娴静的少女，迈着轻柔的步伐，向长江缓缓地走来……"

从小在南广河边长大的我，对南广河有着很特别的感情，南广河在庆符一段称为"符黑水"，古代称为石门江，在新中国成立前一直是连接川滇两省的交通要道。多年前我一直在思考这样一个问题：南广河从哪里来？源头是哪里？后来我渐渐长大了，也知道了南广河的源头在云南境内的大雪山，于是我就一直有个梦想——寻找南广河源头，亲自看看那样一条大河的水是从哪里流出来的？

八月中旬的一天，一个偶然的机会我终于得以成行，踏上了寻找南广河源头的行程。大雪山的一部在四川筠连境内解放乡（现为大雪山镇），第一天我们赶到距离大雪山 20 多公里的四川筠连县镇舟镇，从大雪山流来的溪水在这里已成为一条水量丰沛的小河，穿越镇舟坝子向珙县方向而去，丢下行李，我们便在朋友的带领下来到河边享受一下这来自大雪山的清凉，扑进水中，把自己融进去，河源的跫音似乎在冥冥呼唤着我的到来。

第二天晨六时，一行四辆摩托车在晨曦中出发了，八时我们来到山脚。那莽莽群山的青翠和神秘早已让我们急不可待。弃车而行，踏上青石铺就的石梯，孩子们早已一片笑语欢声奔跑到前面去了，攀登数分钟后，耳边便传来潺潺的水声，啊，水，雪山之水，我们拨开荆棘，终于看到一条溪水从山上奔泻而下，水量不大，但很湍急，捧一捧溪水放入口中，那份甘甜、清凉的感觉立即浸润了我的全身，那份感觉怎一个"爽"字了得啊！

带着这份快乐和更急切想找到源头的心情我们继续前行，青石便道沿溪水而砌就，只顾了欣赏溪水，几乎忘却了沿途美丽的风景，突然朋友惊呼："猕猴桃"，果然，在路边有一丛丛的灌木，枝条上挂满了黄色的野果，哦，那就是猕猴桃啊？来不及我多想，几个朋友已吊着树枝丫攀上岩坎，去摘猕猴桃了，他们在上面摘，我们在下面拾，很快我们就摘了几十个猕猴桃。

下来的行程我开始留意沿途的风景，半山以下大多是灌木和乔木、水竹林，一些不知名的植物和野花让我们时时惊喜，不时出现在路边枯木上的那些青绿、厚厚的苔藓，让我们真实地感受到我们在一步步走向原始森林。

爬行一个多小时，眼前突然出现一个水潭——黑龙潭，约 200 平方米大小，孩子们跳入潭边打起水仗，那份快乐把我们也感动得笑了起来。潭边一棵很大的枫树，虽然还不是季节，但片片枫叶开始染红，在红绿间别是一种风景，一些枫叶漂在潭水上，如一幅美丽的油画。

一片惊呼声中，我抬起头来才看见潭边一堵光秃秃的石壁，呈 60 度坡度，100 多米高，一个朋友已开始攀岩而上，开始还胆小的我们忍不住攀岩的刺激，放弃旁边的小道，也小心翼翼地攀岩而上，手脚并用，利用岩壁上天然的小窠，几乎像壁虎一样爬行，由于恐惧和刺激，我们只顾埋头攀岩，不敢回头，历尽艰难，终于攀上了岩顶，回头一看，头都有些晕眩，但是那份喜悦和快乐却无与伦比。

青石小道到黑龙潭就没了，接下来的路都在渐渐高大和茂密起来的树林间穿行，穿越珍珠瀑布、白龙马瀑布，翻越白龙马石壁，沿溪而行，约一小时，眼前出现莽莽苍苍的大树连绵不绝，和刚才乔木林的秀气完全不同，完全是一种厚重和粗犷的感觉，这就是原始森林了。

眼前的路也更难走了，很多地方根本没有路，要攀着岩石、拽着藤蔓才能前行，不时出现一根根腐朽的枯木横倒在面前，上面竟然长满蘑菇、木耳，对于没到过原始森林的我们一直带着一种激情和冲动，尽管脚开始发酸，但兴致却很浓。一根枯木桩上竟然长出几株竹子，很是让我好奇；一根已经完全枯死不知道多少年的半截树桩上竟然也老树发新枝，长出了新的树枝。一棵棵参天大树树干上长满厚厚的青绿色苔藓，让你去想象这些古树的年龄。一串串野果在林间诱惑，让我们感到森林的神秘。不过这时你可不要让思绪纷飞，否则脚下一滑，等待你的可就是轻则鼻青脸肿，重则被树枝在身体某个部位穿个窟窿。

等我气喘吁吁走到"瑶池"，先到的朋友未经"王母娘娘"许可，按捺不住已经扑进水中了，虽然池中没有仙女，朋友那种忘情之态，好像自己已变成了仙女。潭水之冷，让人似乎掉进了冰窖，冷得全身打颤，不到两分钟，赶紧逃出潭水，而此时身上已布满了鸡皮疙瘩。

洗掉疲惫与汗水，翻越"瑶池"，不久我们来到四川与云南边界。因为在密密的森林中穿行，无法知道高度，但从溪水的流淌来看，落差没有原先那么大，感觉已到了山顶，溪水中有三个水潭，天然生成，朋友们都奇怪，戏称这可是"三潭印月"哦！

四川与云南交界处，有一道石堰，约5米长，横在溪水中。关于这石堰，朋友讲了一个未经核实的故事：当年云南村民为了改变溪水走向，砌石堰拦断溪水，欲改变溪水流向，流回云南境内，导致四川和云南两省边民发生大规模冲突，后经国务院裁决，将石堰撤了，根据溪水自然流向决定，不能人为改变。这才将冲突解决，让溪水又流到四川境内，才有了今天南广河滔滔江水滋润沿河数县上百万人民啊。

一步，简简单单的一步，我们就跨越了省界，进入了云南威信县的韭菜坝国有林场，这里林木参天，绵延不绝，很多枯死的古树耸立其间，像一柄柄利剑直指苍穹，这些枯木形状各异，有的像雕刻一样线条粗犷、有的像印象派大师的作品让我惊讶，这些枯木倒也成为原始森林的另一种风景。八月的骄阳下，我们感觉不到热度，空气间湿度较大，只有惬意的舒服。沿溪旁小径前行，溪水越来越小，浅浅的甚至不能淹过脚背，但那种冰凉却如雪水一般。不经意间我们发现脚下踩着的全是朽木铺就的路，踩着朽木，仿佛踩着一些古老的历史和岁月的沧桑，这些千百年的古木在时光的磨蚀中老去，最后倒下成为道路……

溪水越来越小，我们走入了沼泽，尽管都很担心，但是犹豫良久，我们别无选择，小路就从沼泽中穿过，而越来越真实地感到源头就在不远处那种诱惑让我们不顾陷入沼泽的危险，毅然前行，踩着沼泽中腐烂的树木以最快的速度跳跃前行，避免陷入进去，虽然鞋子和裤子弄脏了，但毕竟安全穿越了沼泽地。

不时出现的沼泽并未影响我们的兴致，孩子们的口袋中鼓鼓囊囊地装满了采集的各种野果，什么猕猴桃、山黄瓜、野豆荚等。筋疲力尽之时，前面出现了一片"大沼泽地"，四周山上的水浸下来在这里形成一片沼泽（湿地），大约二三亩大的一个坝子，在群山之间有这样大一个平坝确实罕见，幸好我们知道是沼泽地，不敢大意，小心翼翼地试探，突然脚下开始沉陷，吓得我们赶紧缩回了脚，沼泽地中间有几株一米多高的灌木，其余都是一些浅浅的荒草。后来才知道，南广河的源头还有很远的距离，而"大沼泽地"是南广河的另一主要支流镇州河（《水经注》载名为"大涉水"）的源头。

退回沼泽地边我们瘫倒在地上，望着瓦蓝瓦蓝的天空，实在不能再走了，朋友也说他只到过这儿，没有再往前去过，看看表已是下午近两时，没有时间再去寻找，我们一致准备返程，把寻找源头留成一个美丽的梦想吧。

稍事休息，起身返程，因为有了经验，沿路返回较快，来到川滇交界的石堰处，往左边的另一条小径下行，下山的路较陡峭，很多的地方根本没有路，借助树根向下攀行，悬崖上枫树很多，不时闪过一丛丛绯红的枫叶让我可望而不可即。下到半山，就出了森林，进入漫山遍野的水竹林，一不小心就踩着了一些刚刚破土的嫩嫩的竹笋，在这静静的山上，仿佛听见生命成长的声音。

大雪山，我们虽然没看到雪，但却感受到了这大山的灵气，虽然没有寻到南广河源头，但这莽莽群山留下我们寻找的足迹，留下了我们无拘无束的快乐和笑声。

穿越原始森林

（一）

　　立秋时节，酷暑难耐。天天近 40 摄氏度的高温，让我们下定决心，去川滇交界的大雪山原始森林，探险、避暑一举数得。相约之下，周五下午 5 点过，三家七人出发了。

　　到达之时天色已晚。由于事先联系好了，农家乐的老板早已备下晚餐，土鸡、腊肉、笋子是不可缺少的，据说还有一种叫"木怀"的野生动物，味道十分鲜美，这种只生长在乌蒙大山深涧溪流旁的动物，外形酷似青蛙，又像蟾蜍，身上有枯叶样的天然隐蔽色，喜欢在潮湿的原始森林间跳跃，一旦没入枯叶就无法找寻，状似峨眉山的枯叶蝶。在乌蒙原始森林之外，这种动物根本就无迹可寻。由于"木怀"很罕见且很难捕捉，即使在这大雪山下的农家乐，要能吃上也要碰运气。这天刚好老板收购了点，让我们尝到了这稀罕物。

　　吃完饭，一张竹椅，一杯清茶，朋友们围聚在这大雪山下的农家小院里乘凉，远离城市的热浪，其喜窃窃然。夜深露寒，明天还要爬山，于是入室睡觉，不需电扇更无空调，还盖上厚厚的被盖，在这个季节这也算是种享受。

（二）

　　第二天吃过早饭，七点多钟，开始爬山。沿路两旁群山，都是层层叠叠的竹林，让人惊叹足可媲美蜀南竹海之时，一道瀑布出现在眼前，女人、孩子们尖叫着扑向瀑布，拍照、戏水，欣喜之极。

　　离开小路，转入青石梯步，沿溪水而上，各类灌木、野藤几乎遮蔽视线，只能以水声判断石梯将延伸向何方，溪水不时漫过来，淹没石阶。越往山上走，灌木们长得更疯狂了，路边的猕猴桃已不见了踪迹，林深处，垂涎的野果还在吗？

　　黑龙潭旁那株枫树还在，季节未至，偶有一二片早红的枫叶飘落在水面，青山、碧水、红叶，色颜艳丽得让人心动。打水仗、掬水洗脸、泡脚的游人很多，喧哗声惊飞一群巨大的鸟儿，从树林间蹿出来飞向远山。

　　绕过黑龙潭，就渐渐进入原始森林的核心区了。参天的古树，两三人合围的树干随处可见，各种形状的古树形态各异，有的根部盘根错节如壁画，有的弯曲俯身形成天然拱门……枯死的巨树像雕塑一样，凝固在那里，安静得好像千百年就是那么一瞬间。看周遭的一切，生生死死，枯枯荣荣，淡然而超脱。

　　潭旁有数个相连的巨大石壁，长达数百米。放弃步行石梯，利用石壁上一些天然的小石窠，手脚并用攀缘而上，享受那种成功的乐趣，穿越大雪山时攀缘黑龙潭石壁，这可是不能省略的行动。

　　半山的一个石潭里，有一个巨大的枯树根，根须足有手臂粗，其形抽象，如一件艺术品。同伴们欣喜之余纷纷拍照，尚不过瘾，居然在树桩上跳起探戈，乐翻一潭笑声。

　　进入森林，最冲击视觉的是青苔，深绿的青苔不是生长在水边或地上，而是长在树干上，那些沧桑的树干，一看就是经历了上百年的风雨侵蚀，尽管外面的气温在40摄氏度徘徊，艳阳高照，但行走在森林里却凉意袭人，偶尔漏下的一丝阳光，都感觉到是那么的亲切可爱，空气是湿漉漉的，皮肤是凉悠悠的，这时我们就明白了那些老树干上的青苔是怎么回事了。湿润的空气，荫蔽的环境，整个森林就是一个巨大的天然氧吧，柔柔的青苔，皲裂的树干，各色野花，色彩分明的树叶……原始森林，就这样把我们征服。

大雪山是植物的天堂，还是水的王国，随处可见溪流、瀑布、湿地，还有仙女潭、瑶池藏在森林中，据村民介绍，正午时分，运气好时，漏进来的阳光落在潭里，七彩斑斓，所以又叫七彩池，有缘的人可见池中有一位美女沐浴，这神奇的传说让沿途的游人都纷纷叹息，怨自己无缘得见，原来美好的东西都是可遇而不可求的。

（三）

距离出发已近三个小时，同行的人们，开始有些疲惫了。而此时路上已经没有游人，只有我们这七人的小队伍。

"前面就是沼泽地，然后可以转道去山顶的垭口公路就可以返回了"，其实我也没有走过垭口的路，只是听村民介绍过，大家信以为真，鼓起勇气继续前行。穿越川滇交界的那道小小的石堰，经过一片原始森林，小路就在森林边缘绕行，路两侧全是密不透风的箭竹，几乎把小路淹没，我们已无暇顾及奇特的箭竹了，因为最难走的沼泽地已出现在眼前，沼泽地段隐藏在箭竹林里的小路上，尽管小心翼翼，但一不注意就踩进沼泽里了，鞋子全弄脏了，无奈之下只好不顾鞋子，直接踩着沼泽里的朽木快速跳跃式通过。原来人一旦放下这样那样的顾忌，一切的担心都是多余。不断经过沼泽，又不断跳进溪水里把脚上鞋子上的淤泥冲洗干净，如此数次，终于到了大沼泽地。

但是，我们却找不到通往垭口的小路了，唯一可辨的一条小路是通往云南境内的，分析之后应该往这条路前行，估计前面有路分岔到垭口，于是继续前行约一小时，这时前面出现了两条路，一条直行往森林更深处，一条右折往山上而去。本来就已疲惫不堪的人们心里越发慌乱起来，怎么办？简单的商量后我们决定赌一把，根据山势走向，应该是右折那条路，我和华哥探路，让大家原地等待，如果十分钟后我们没有返回，就说明路是正确的，大家按照我们所走的路跟进。

走到山顶，小路开始下行，走在前面的我发现路边有一水窖，一根取水的塑料管若隐若现在草丛间，这说明山下一定有人家。这时，华哥发现一直没有信号的手机居然有了信号，于是打电话问昨晚住宿那农家乐老板，下一步路线怎么走，可是说了半天都没有表述清楚，确实，询问原始森林里的路怎么走是一件非常恼火的事。

预感山下就有人家的我，沿着那根取水管往山下寻找，一条落差很大的小溪旁有一条茅草淹没的小径，周围的一切表明这条路是偶尔有人经过的。十多分钟后，终于出了森林，眼前出现大片的烤烟地，有烤烟地附近必有人家。由于手机信号断断续续，我赶忙发短信通知后面的队伍跟进。兴奋中的我赶紧继续前往，希望求证自己的判断，否则再返回去肯定是要被骂死的。

出了森林，火辣的太阳一下子烤在身上完全适应不了，汗水迅速地淹没我的双眼，捧一捧溪水凉快一下，继续前行。美丽的山花，嶙峋的怪石，已无暇顾及，玉米地、红薯地、放牛的草地……我的判断进一步被证实，绕过一个山脊，眼前出现大片的民房，错落有致的民房之间还有水泥小径连接，我赶忙询问旁边一大娘，她告诉我，这里是云南省威信县长安镇安乐村，她指着前面的垭口说，从那里下去就是公路，可以到达四川，"什么？居然到了云南了？"

为了核实山坳下面确实是通往四川的公路，我继续前行，并短信告知后面的朋友们路线，怕他们走岔，沿途岔路处都留下路标。又累又饿的我在山坳处发现采摘黄瓜的村民，要来一个大大的黄瓜，边走边啃，清爽、甜脆，此刻，黄瓜的美味胜过我吃过的任何名贵水果。

十分钟后我终于来到一处人烟密集处，一条四五米宽的乱石路穿过这个村民聚居点往山上延伸，经打听，这里是安稳村的张家湾组，山那面就是四川筠连的雪山村，但由于这里路况太差，没有班车，更没客车，摩托车都很少。我赶忙电话呼叫，告诉他们翻过前面山坳就可以很快到达了。二十多分钟后，后续队伍终于精疲力竭地到达了。

朋友们告诉我，如果不是我告诉他们山下就有人家，就有公路，就可以很快回到雪山村时，他们中的部分人可能连森林都走不出来。是这份希望让他们坚持着走出森林，走到这里的。

（四）

说实话，什么时候能到达目的地，我心里也没底，张家湾，这个地图上可能都找不到的山沟，从来没来过，更没听说过。为了给大家鼓劲，我瞎指着不远处的山垭口，告诉大家，那里就是红军坟，过了红军坟就是四川境内，就有水泥公路了，下完山就是四川筠连的雪山村，也就是我们落脚的农家乐所在。

把路边小店里唯一的三瓶高橙果汁全部买了，一家一瓶，大家连连感叹，这3元一大瓶的廉价果汁味道好极了，如玉液琼浆一样。路边几棵小树下有一排简易木凳可以乘凉，我们边歇气，边分析，汇总从村民处得来的信息，在山顶的大沼泽地附近应该有另一条通往山垭红军坟处的小路，从现在的山势来看，我们绕了一大圈，我们刚才下来的那条山沟叫"木怀沟"（木怀沟？估计那里的"木怀"应该很多吧？），但这时任何山珍海味都无法调动我们的激情了，还不如手里的这瓶廉价果汁来得实在和实用。摆在我们面前的这条路是必须走下去的了，这也是唯一的一条路。休息了一会儿，我们决定出发。

这时已经是中午十二点半，太阳越来越火辣，估计快40摄氏度的高温，和上午在原始森林里的凉爽比较完全是冰火两重天，看着那明晃晃的太阳身上都冒汗，别说在太阳下行走了。大家都庆幸，好在前面的山垭应该是不算太远，咬咬牙就能挺过去。

重新上路，在坑坑洼洼的乱石路上前进，"行走"一词已不能准确反映实际的状况，用"跳跃"比较准确。路面实在太烂，完全不应该叫路，除了大大小小的乱石，还有一条条的沟壑，途中遇到唯一的一辆驶向四川的面包车，虽然是空车但完全是"挣扎"着前进，我们希望能搭乘时，师傅称"路太烂，轮胎遭不住，给钱都不敢搭"，然后车子又在乱石间蠕动着前行。这样的路况，如果师傅真的搭乘我们，估计比走路还难受。

想想反正山垭口已不远，大家振奋精神，挪动着脚步，心里只有一个信念，翻过山垭就可以到达了，眼里只有一个目标，"山垭、山垭"，山垭越来越近了。可是，走到拐弯处才发现，这个大湾也太大了，足足两公里的一个大湾，让心一下子掉到深渊里。

天上的太阳却越来毒辣，完全是把人们当成烤鸭一样，不停地升温。地上几乎没有平坦的地方，稍微不注意，绊着石头就谨防摔倒受伤。森林在旁边的山上，溪水在离公路很高的坎下，路上完全没有任何掩蔽，我们就这样在炙烤中前行。带了小孩的朋友一家三口因为没有经历过这样的"锻炼"，已完全无法坚持，纯粹靠意志在支撑着。

快到山垭处的路边有一棵大树，欣喜中奔向树下，一下子瘫倒就不想再动弹，一阵山风吹来，这是世界上最享受的时刻。歇了足足十分钟，看看近在咫尺的山垭，鼓起最后的勇气发起冲刺，这时，脑海里想起书本上的形容词，"拖着灌了铅一样沉重的步伐"，这是谁写的，太贴切了。

终于到了山垭，这里有一座红军坟。1935年2月，中央红军长征到达附近的威信县时，召开了扎西会议，决定建立川南革命根据地，成立中国工农红军川南游击纵队。以横跨川滇交界的大雪山为根据地，开展了数年艰苦卓绝的斗争，牵制了数万国民党军队对中央红军的围追堵截。1936年秋天，村民们在森林里发现了几名牺牲的红军战士，于是悄悄将红军遗体埋在了雪山垭口的森林中，新中国成立后人民政府原地为烈士修建了墓园和纪念碑亭。

站在垭口的墓园望出去，是绵延无际的雪山山峰和莽莽苍苍的森林，一边是云南威信县境，一边是四川筠连县境，如今一条水泥路即将修建到墓园穿过垭口，连通川滇。

（五）

都说到了垭口就是水泥路了，可以坐车到农家乐。可是到了垭口，才发现下山的路还有至少五六公里，原来的公路已被冲毁，新修的路连毛路都没修好，水泥路还在很远的半山以下，根本没有车辆。绝望之情开始蔓延，此时，太阳正顶，时间是下午2点，温度不低于40摄氏度，完全暴露在太阳下暴晒的我们已经精疲力竭。

幸好这里有了电话信号，联系了农家乐老板，答应来车接我们，但必须走到水泥路处。同行的朋友指着山下一个火柴盒大小的房屋说那就是我们住宿的那家农家乐，目标在前方，此时唯一的选择是继续步行下山走到水泥路坐车。大家士气大振，拖着疲惫的步伐再次上路。

修路的工人告诉我们，沿废弃的老路走是捷径，可以节省2公里路，于是我们在他们的指点下，走上废弃的公路，由于公路全被洪水冲毁了，所谓的路比云南那面的路况还糟糕，四周茅草丛生，路面全是坑坑洼洼的石头，人在上面完全是跳跃着行走，不小心就会摔倒，一旦摔倒有人受伤，后果不堪设想。朋友夫妻两人已经完全没力气了，互相搀扶着、互相鼓励着前行。这样的路上行走不能磨蹭，否则会更支撑不住。

估计车早就应该到了，电话询问时才知道找不到司机，车子来不了。彻底崩溃！天上连一片云彩都没有，汗水模糊了眼睛，最泪奔的是这段路上连溪水也没有，口干舌燥。终于下到了水泥路上，而此时距离农家乐还有大约2公里，但已经无法再挪动脚步，几近绝望。

幸好，走在前面的朋友已经到达目的地，终于找来一辆面包车接应后续的队伍，10分钟后所有人员全部到达农家乐。时间指向下午3点30分。

（六）

回来的路上我们都在感叹：在森林迷途时，坚信山下就是目标，在这份希望的鼓励下，沿着野草丛生的山径，我们坚持着走出来了；在张家湾，大家都已濒临极限时，翻过不远处的山垭就可以到达目标，这个希望让我们继续坚持走过那段崎岖的道路；在山垭，如果知道接下来的行程是那么艰难，肯定早已瘫倒，无论如何我们都走不回来。是一个又一个的希望支撑着我们的信念，磨砺着我们的意志，平时根本不可能实现的目标，最后却完美地实现了。

一个希望一个目标，一份坚持一份成功。八小时徒步穿越，我们创造了一个奇迹。

穿越森林，挑战徒步极限；穿越森林，我们懂得了希望的重要和信念的意义。

美丽贵州　缤纷高原

夜郎古国，牂柯旧境。美丽贵州，缤纷高原。

西南贵州，印象中一直是落后蛮荒之地。国庆假期，如一只南飞的鸟儿，以三日时间，匆匆掠过这片红土高原，却被这红土高原的美丽和神奇征服，多彩贵州，名不虚传。

红色之果，激情之美

从云南昭通出城半小时，就进入了贵州威宁境内，威宁，威之四方而安宁之意。连绵的群山，让我们视觉疲惫，昏昏然之间，眼前陡然一亮，公路旁出现一丛丛的灌木，枝头挂满了一串串酒红色的野果，"救军粮！"大家不约而同地惊呼起来，好漂亮的野果。转过一道湾，拐过一道拐，救军粮越来越多，越来越茂密，像两条夹道欢迎的红地毯，沿公路向远方延伸，似红绸漫舞，如春联迎新。

当车子翻上一道山梁时，扑面而来的是漫山遍野的救军粮，红浸山冈，似火，如旗，秋阳下，泛着诱人的红光。尽管川南也常见救军粮，但却从未见过如此大片的面积，一道山冈连一道山冈，大气磅礴，这让人惊艳的红果，和贵州高原独特的红土地，相互交融在一起，热烈奔放，喜庆吉祥，展示一种生命的阳刚和激情。

我们没有"停车坐爱"的稳重，再淡定的人此刻也兴奋起来，手舞足蹈，直接扑向那一片片的红色，让这满山的红色把自己淹没。近前细看，如黄豆大小的救军粮，每一根枝条上都挂满几十颗，甚至上百颗，那醉人的红色让人馋涎欲滴，忍不住薅下一把，扔进嘴里，细细咀嚼，味甜甘醇，味似苹果，足可充饥，笑言：救军粮之名因此而来吧？赶紧百度搜索，原来此果，学名火棘，可食用，可药用，可盆景，可园林，味道香甜，又被称为"袖珍苹果""微果之王"，原来救军粮全身是宝啊。

夕阳西下，金色的光芒洒满红色的山冈、红色的救军粮，我们也浸染成了一片红色，激情四溢，生机勃发，进入贵州，进入一片红色的海洋，一个红彤彤的世界。

青葱草海，生命之美

威宁城郊的这一片水域，水草交融，谓之"草海"。水中有草，草在水中，不走近，你是分不清哪是草哪是水的。来自川南的我们，见多了河流、湖泊，但当乘坐的小船渐渐驶入"海"中时，我们仍然被这独特的天水草一色的景象折服、惊叹。天不远，水天相接成一色；草不高，可见群群鸥鸟浅翔；水不深，一丛丛的水草在水里轻轻招摇。

水草青葱处，难觅秋的深意。"草色入帘青"，不过这道"帘"，成了我们的眼帘。孩子们一定要知道这些水草的名儿，便戏说"大葱"，或笑曰"芦笋"……姑妄言之，姑妄笑之。只有那骤急骤缓的细雨，带来凉凉的"海"风，有些秋的感觉。雨点在"海"面砸出一个个的水泡，如"大珠小珠落玉盘"，落在青黛色的"海"面，发出"波儿、波儿"的声音，清脆如弦音。鸥鸟或群翔，或独舞，在空旷的天空发出"啊、啊……"的叫声，辽阔而悠远。小船悠悠地摇过，"海"面波澜不惊。闭上眼，静静地感受这秋之草海，感受这生命之美。

哪里有香味飘来，是天庭还是人间？这"海"里何来的佳肴？原来一只小船停泊在"海"中，一对渔民夫妇在卖"草海烧烤"，近前细看，篮子里摆满了原料，蜻蜓、蚱蜢、蟋蟀……吓得我们的勃勃兴致霎时飞到天外，但是实在无法抗拒香味对鼻尖的袭击，最后选择了比较能接受的田螺，味道香辣，意犹未尽，我本乘舟游"海"，却尝佳肴美味。

风雨太急，无奈折返，小船驶入水汊里，驶入茂密的水草丛中，无垠的绿色悄无声息间将我们淹没在这片青葱里……

谷黄草原，成熟之美

威宁以东，大方境内，有百里杜鹃园。百里杜鹃，百里花海。这深秋的季节到花海，不为看花，只为感受杜鹃大草原别样的风景。剑出偏锋，棋下险招。随性而行的我们，给自己找了一个"别样"的理由，其实只是在乎一份出行的心境，风景在路上。

过赫章，经毕节，沿途欣赏一座座地貌奇特的山峦，俯瞰群山怀抱里静谧的座座山村……当我们在渐深的秋意里，沐着晨曦里的寒风，踏进杜鹃海景区时，竟然获得意外收获，不仅免费门票，还免费蹭了一顿早餐，这见面礼确实不错。

由于游客稀少，我们得以长驱直入草原。沿途的各色野花，成片成片地诱惑我们的目光，恍惚间，竟忘记今夕何夕，这是深秋的高原吗？蜿蜒而上，到达山顶，地势开阔，草原呈现在眼前，严格来说，这里是高山草甸，没有草原的一望无垠，却有高原独有的味道。谷黄色的草原上远远近近地散布着一些高高低低的山峦和低矮的灌木、浅浅的野草，贴地生长的狗尾巴草、芦苇比我们常见的更矮小，但却更坚韧，山风吹过，如风掠水面，在风中摇曳。白色、黄色、紫色，各色的野花一丛丛地怒放在谷黄色草原上，没有丝毫的柔弱，一切坚韧的生命都值得敬畏。

这里是奢香故里，一个传奇女子的故事，让这片土地变得厚重而沧桑，忍辱负重，维护统一，从此西南多安宁；黔山彝岭，龙场九驿，从此贵州通畅达。站在电视剧《奢香夫人》的拍摄现场，思古怀今，似乎看见奢香夫人在杜鹃草原驰骋奔走的场景。时光可以老去青葱，而岁月却丰满历史。谷黄色的草原上，一些接待游客的高脚屋，错落有致散落在山峦间，牛羊在悠闲地啃着野草。

风很凉，拂去一路风尘，抖落旅途疲惫，闭上眼，深深地呼吸着高原的纯净气息。或漫步草原，或静卧草地，或思，或寐，让这片谷黄色将你包围，心底涌起一种踏实或丰满的感觉。深秋的草原，没有丝毫的荒凉，反而有一种成熟的气息，一份秋的沉甸。

从威宁到毕节，经大方过遵义，我们在贵州高原的色彩里穿行。美丽贵州，缤纷高原，让我们在这个秋深的季节，收获一份独特的色彩之美。

2014·慢一拍的假期

又是国庆假期，尽管旅游景区爆棚，高速公路拥堵，但是对这难得的假期，人们还是蜂拥外出，即使再冷门的景点，都是人满为患。不喜欢喧闹的我，早已把附近那些容易被人遗忘的小景点跑完了，四处找不到目标，最后决定去南溪看看吧，哪里黑哪里歇，反正目的只是想和家人一起度过一段宁静的时光。

第一天古街之旅

国庆节那天中午1点，我们才出门，从宜宾沿江而下到南溪，参观这个长江边上的古镇，古镇已经不古了，但是在江边新建了一条江南风情的古街，仿古民居、亭台楼阁、小桥流水倒也别有风味，处处透出文化的气息。站在古色古香的廊桥上，大红灯笼挂满屋檐，仿佛置身在江南的某处水乡。没有具体目的地的我们，慢悠悠地穿行在那些安静的小巷里，享受着秋日午后的时光。

青石街旁，有卖豆腐的雕塑，女儿高兴地去和雕塑合影，而我仿佛听见江之滨，水之畔，一个因水而著名，因豆腐而扬名的城市，石磨转动的咿呀声和空气里四溢的豆香。

南溪县本为南广县，原县治经数次迁移，曾设在今宜宾李庄，后迁往今址。南广县是汉王朝为了管辖南方广袤地区而设置的行政建制,从川滇交界的大雪山里流出南广河,穿越南广地区崇山峻岭而成长江第一河,是古南方丝绸之路的重要交通枢纽,数千年的风雨,成为连接中原文明与南诏边陲的重要纽带。因地名而成江名,因江名而扬地名,隋王朝时因避杨广之名讳而更名,又因在僰溪之南而名南溪。

古老的长江在旁边流过,繁华的城市在古街外面喧嚣,我和妻子、女儿突然发现一家叫"米汤泡饭"的餐馆,木桌木凳,乡情浓郁,似乎闻到了米汤泡饭的浓浓香味和那份甘醇爽口。小时候,物质匮乏,米汤泡饭是常事,和妻子结婚后我们也常常用米汤泡饭,曾写过一篇散文《婚后的日子》,描写婚后那段清贫而快乐的时光。小时候养成的习惯,时间久了,已经深入到了骨髓里,"米汤泡饭",这家小店的招牌,在不经意里,触动了我记忆深处一些柔软的时光。我坚持要吃一次米汤泡饭,可是很遗憾,今天没有米汤,吃不成米汤泡饭,带着遗憾离开。

出了古街已近黄昏,突然想起南溪顺江而下的那个城市叫泸州,多次过泸州,但是没有在那里逗留过,不妨去泸州转转,上网查查几乎没有什么著名的景区,不过这并不妨碍我的想法,反正我们要的是一家人在一起的时光,妻子女儿都赞成,于是上高速,到泸州。

到泸州时,这个城市的街灯刚刚亮起来,天空下起密密的细雨,没有了逛街的兴趣,于是找一家宾馆住下,宾馆空置房间多,不是想象的那样紧张,我们庆幸选择的这条旅游路线正确。但是没有想到明晚的我们,才深刻地体会到这竟然是个错误的判断。

吃过饭后,女儿负责上网查找附近的景点,为明天出游做好功课。

第二天宁静时光

吃过早餐,去距离最近的龙透关。

龙透关,名字独特勾起我们的兴趣。史载:"龙透关,北临沱江,南抵长江,犹如巨龙穿透两江，故名。"我们去时可惜在维修无法参观。只能在山脚的一段仿城墙上走走，感受一下当年的烽烟。

泸州位于大江之阳，古名江阳。经略夷蛮，西汉苏嘉受封江阳侯爵；蜀汉纷纭，战略要冲奠定历史地位。经沱江溯流可至成都，顺长江而下直达建业（南京），历经朝代更迭，见证岁月沧桑。

维修龙透关的施工挡墙阻隔了我拜谒的脚步，没有登上龙透关老城墙的旧址。从诸葛筑关，到崇祯重建，从同治再建，到泸顺烽火，二千年的时光，苍老的只是岁月，厚重的却是一座古城。龙透古关，这座在中共党史上著名的遗址，记录了一段惨痛的历史，泸州起义，这个几乎可以改变历史进程的历史事件让我久久沉思。

龙透关对面的泸州博物馆还没有开门。于是我们往郊外的龙马潭公园而去。

公园在岛上，龙溪河水流经这里，形成一个大回湾，静谧成潭，潭中小岛，如舟似船，停泊在那里已数千年，只为等待知音登临。唐人王昌"世居于此，外出遇落魄仙，授以仙术，并赠神马。乘之则瞬间至家，而后马化龙入潭，遂有龙马潭之名"。

岛上茂林修竹覆盖，似一顶墨绿的船篷，让人觉得小船随微风在水中轻摇。历史上作为泸州"江阳八景"之一，自唐宋起，一直为文人墨客慧眼所独具，诗词唱和，雅人聚集。史志载龙马潭的自然和人文景观典故颇多，"摇竹现鱼、龙潭潮涨、龙潭祈雨……"但最值得玩味的是清末永宁道台赵藩所撰之联："借问好游人，来何所闻，去何所见；别有会心者，山不在高，水不在深。"

如今这里有些荒凉，从残破的一些痕迹可以看出曾经的繁华热闹，不过却多了份难得的安静，或漫步小径，或轻荡秋千，池畔赏鱼，登高观景，倒确是一处红尘中的世外桃源之地。

中午时分离开龙马潭公园，去往九狮山，传说这里的最高峰为状元峰，登高远望，青山之中，"九头狮子"引颈长啸而来。这里景色寻常，但是无所谓风景，只在乎家人同行。摇摇摆摆通过横跨醒狮湖的铁索桥，沿青石阶梯登高，忽现一仿长城垛口，一公里长的仿长城在密林里蜿蜒，苔痕处处，湿滑难行，登顶忽见千狮坛。

坛高约 28.8 米，由百步云梯、百狮托八卦图、百狮图腾柱等三部分组成，体现了"天圆地方"之说，中间的百狮图腾柱高 18.8 米，直径 4 米，顶端塑"驯狮女神"像，外壁百狮浮雕构图巧妙，栩栩如生，令人叹为观止。圆形的图腾柱周围，是方形基石，拾级而上进入四门，分别是青龙、白虎、朱雀、玄武，门内地面是八卦图，十二生肖武士环图腾柱分列，伫立守护。登上图腾柱顶部，此时，阴沉的天空竟然晴朗起来，极目远眺，群山青葱苍翠，俯瞰山下，田园风光旖旎。

从千狮坛下来，我们踏上返程，环山公路走得双脚酸痛，有些灼热的秋阳更让人疲惫。幸遇一位美女司机，搭载我们一路颠簸才到山脚，驱车回城。

中午饭是在一家叫"吃亏是福"的小店里吃的，这里的氛围我们都很喜欢，这时不是吃饭时分，小店布置得很温馨，可以喝茶，可以吃饭，座位都是靠墙的卡座式，墙上是书橱，放置很多书籍，可以随意阅览。价廉物美的消费，安静休闲的环境，让我们觉得特别惬意。

下午三时，赶在博物馆闭馆之前，我们去参观博物馆，走进千年泸州，走进千年历史。女儿说："今后我们到一个地方，应该先去博物馆，了解当地风土人情和历史人文，有的放矢地参观"，看来女儿收获颇多。参观完博物馆出来的路上，女儿提议："明天我们去看朱德旧居吧"，这是个不错的主意。

看看还有时间，我们又往张坝桂圆林而去，没想到这里的风景竟然这么美，让我们流连忘返。位于长江边上的张坝桂圆林，有 15000 多株桂圆树，占地 2000 多亩。

这里完全是桂圆树的海洋，未及入园，已见铺天盖地的桂圆林，从未见过这么多的桂圆树，而且都是上百年树龄的老树。绵绵不绝的黛绿色的桂圆树形成的波涛，一浪连着一浪。

入园可以坐观光车，可以悠闲地漫步，我们自然选择了步行方式。后来我们很庆幸，如果坐车，我们将失去观赏园中最美风景的那一刻。

在桂圆林间，是一块块的草坪，青绿的草坪像一块块的地毯，舒服得让人想在上面打滚儿。一条条的小径在林间绕行，或绕上山坡俯瞰脚下的桂圆林，或在林间穿行，仰视树冠上串串成熟的桂圆。不知不觉眼前忽然亮起来，原来我们走进了一条峡谷里，谷里只有几株桂圆，丛生的野草野花开满山谷，远方山顶的夕阳照下来，柔柔地洒在身上，洒在我们慢慢走着的身上。反正我们就是要这样慢慢地走，慢慢地看，慢慢地享受这宁静的时光。

从山谷里绕出来，一片宽阔平坦的草坪，草坪上起伏的小丘，让草坪增加了一份生动。草坪边有一片池塘，塘边丛生一些水生植物，和一座茅亭。此刻夕阳正落在亭上，折射出一份秋阳独特的柔光，光与影的完美结合，我们全都惊呆了，这完全就是一幅经过艺术加工的油画，不！任何大师也画不出如此唯美的意境，此景只应天上有，人间难得几回见，我们只恨相机也无法记录眼睛看到的这份美丽。天色向晚，最后一抹夕阳隐于山后，我们才恋恋不舍地离开。

为了不枉此行，尽管觉得张坝桂圆的味道不是特别好，但是还是买了点尝尝。张坝，吸引我们的不是桂圆本身，而是桂圆林那份独特的风景和突然降临的幸福时光，女儿看见别人骑自行车，尽管暮色已起，我们还是去租了一辆三人自行车，从没骑过这种自行车的我们，尽管有点"out"，但是丝毫不妨碍自行车带来的那份快乐。沿长江边上有一条 1 公里多长的笔直道路，女儿掌舵，我护航，妻子在中间，一开始步调不一，自行车老是蹬不动，歪歪扭扭的，在摸索中终于明白，一家人步调一致才能达到目标，从"左、右，左、右"的口号，到女儿兴奋地唱起歌曲串烧"我们走在大路上"，"幸福像花儿开放……"，江风吹乱了我们的头发，也将我们的歌声吹向四方，欢声笑语撒满一江涛声。原来幸福就是这么简单，只要用心，生活里每一个细节都充满了感动。

天色已经完全看不清了，我们才不得不离开，有机会，还想再来。

回城已经 7 点半了。我们的噩梦才开始。一直认为住宿不成问题的我们想找市中心的宾馆，连续问了几家才开始后悔了，一夜之间，所有宾馆全部爆满，我们只好退而求其次，找地理位置和条件次些的宾馆，但也全是客满，主要街道这时交通已几乎瘫痪，在城里转悠了两个小时我们仍不知道今夜宿在何方。

将车停下来，女儿用度娘寻找城里的所有宾馆，客满、客满……一个个消息让我们心情第一次开始沉重起来。突然女儿高兴起来，滨江路有一家叫 NG 的宾馆，客人刚刚退了一间房间，赶紧订下，一路打听，七弯八拐费了好大的劲，才找到这间宾馆。妻女先去宾馆确定房间，我到很远的地方停好车，返回宾馆门口时，女儿兴奋地迎上来告诉我："房间特好！你去看看就知道了。"确实不错，宾馆位于长江边上，整体风格是欧式，房间的设施每一处细节都恰到好处，很温暖很舒服，这幸福也来得太突然了，在几乎绝望的时刻，上天竟如此眷顾我们。今天的我们，已经多次被这种突然降临的幸福感动。

今夜，我们栖居在长江边，枕一江涛声，安静地入眠。

第三天向佛而行

清晨起床，去江边散步，捡拾长江石，凉爽的江风让人神清气爽。沿江打造的休闲广场长达数华里，柳树成荫，诗文墙、酒史雕塑、单碗广场的"酒城赋"……揭示了泸州深厚的文化底蕴。

况场镇距离泸州城区 17 公里，位于 307 省道旁。默默无闻的这个乡场，因了百年前朱德曾在此居住而出名。况场镇朱德旧居，建于清代道光年间，原为陈家花园，是一个陈姓地主的花园。1916 年的护国战争期间，身为滇军旅长的朱德，率军驻扎在泸州，与袁世凯军队在境内棉花坡展开决战，棉花坡战役，史称"护国战役"，取得决定性胜利。随后朱德驻军泸州近六年，剿匪安民，结社吟诗，留下许多佳话。

离开朱德旧居，绕道前往方山景区。未到山脚，远远看见一座高山，寺庙众多，从山脚直到半山，多达十余座寺庙，有"小终南山""小峨眉"之美誉的方山，森林茂密，景色宜人。

方山有99峰，据说无论从哪个角度看去，这座山都是方形的，所以称为"方山"。更因其矗立长江之畔，终年四季云烟雨雾缭绕，于是在民间得了"云峰"之雅号。山上有四大禅院，相传"八仙"之一的韩湘子曾在此修道，明建文皇帝也曾来此巡游。方山上最著名的，当数山上云峰寺那尊全国唯一的"黑脸观音"，每年观音生日，都有八方来客，人头攒动，拜祭求子。

流连在一个个的禅院里，看那些虔诚的祈祷、袅绕的香火。善男信女的喧嚣声，把木鱼声、鼓跋声掩盖了，千百年来生生不息的向佛者，求佛其实是自己给自己一份信念，人因为信仰而精神，所以佛教才能如这不灭的长明灯经久不息。

时间渐近黄昏，迟归的脚步带我们踏上了归途。到宜宾时，一场秋雨突然就降临了，如夏天的暴雨。所幸，在大雨倾盆之际，我们穿越风雨，终于平安到家。

夹金山

　　夹金山，一座"鸟儿也飞不过的山"，我们是奔着那段红色的历史而去的，却收获一份意外的惊喜。

　　这里是川康交界的分水岭，横亘在雅安的宝兴和阿坝的小金之间。雪山、森林、草甸、海子、溪流……让这座景色奇美的大山充满了神秘和传奇。

　　这是一座红色的山。秋深季节的红叶满山，如诗如画。但浸红中国历史的不是这里的红叶，而是那段红色的记忆，那些处处可以觅见的红色遗迹。"长征万里险，最忆夹金山"，这是中国工农红军长征途中翻越的第一座大雪山，誓师坪、红军小道、红军坟等，见证了红军长征的艰险，记录了红军长征的悲壮。夺芦山、占宝兴，翻越天险，达维会师，历史从此改写。一处处红色的烙印，一段段永恒的记忆。登上夹金山山顶，群山不再，只剩惟余莽莽的云雾和眼前这座如旗帜一样的鲜红的丰碑。夹金山，共和国的旗帜上鲜艳而闪亮的标志。

　　这是一座白色的山。终年白雪皑皑，气候变化无常。30多公里的上山公路，蜿蜒盘桓，从海拔数百米到4000多米，一直不断盘旋着上升，山峰隐藏在云雾之中，在云端行走的我们，见识了夹金山的神奇。白色的云雾或浓或淡，一团团地从峡谷中涌起，一直笼罩着我们，让人心寒。正午时分的短暂时光，厚厚的云层被撕裂开一处空隙，一缕阳光带来的不仅是云层变幻的美景，还有湛蓝澄澈的天空，夹金山的蓝天、白云，我们如此有幸。在山顶，我们没有见到雪，只见到那些雪融后的草甸，站在垭口，俯瞰滚滚的云絮，追忆那段冰雪呼啸的历史，努力想找寻当年那些跋涉的脚印，但只有一片白茫茫的云雾。

这是一座绿色的山。生态原始，植被丰富，有各类植物品种 400 多种，还有大熊猫、金丝猴近 400 种野生动物，山下的蜂桶寨是中国最早发现大熊猫的地方，宝兴县也因此得名"熊猫老家"。山顶是雪山、草甸，自山腰往山脚以下覆盖茂密的原始森林，生长着种类繁多的各类阔叶林针叶林，有枯死如雕塑的古树，有冠盖如巨伞的松树，有高大的乔木，有低矮的灌木，还有杜鹃、沙棘等漫山遍野。香甜的各色野果，醇香的野生药蜜……这座绿色的山脉，就是一座绿色的伊甸园。绿色是生命，是勃发的生机，漫步硗碛藏寨，感悟今昔变迁，夹金山国家森林公园为这座红色的山赋予更多的内涵和生命力。

这还是一座陡峭的山。夹金山又名"甲金山"，藏语称为"甲几"，夹金为译音，是很高很陡的意思。"要想翻过夹金山，除非神仙到人间"，民谣里的描述是夹金山雄奇险峻的最好注脚。高山峡谷，奇峰兀立，层峦叠嶂，峭壁如削。从谷底到山顶，几乎垂直而上，公路如羊肠纠集而迂回，每一寸都充满了惊险。驻足山腰，那些需要仰视的山峰如今都只是"一览众山小"的沙盘而已。云层如舟，载我们升腾在苍茫之间无所归依；群山之上，一只兀鹰都让我们自惭渺小如尘。

这更是一座水做的山。夹金山水源丰富，秀美的青衣江从这里发源。山中随处可见瀑布奔流，溪流纵横，一条条的溪水汇聚在山脚形成一个个湖泊、海子，映照出夹金山的雄奇秀美。从山顶到谷底，这就是一座被水滋润的大山，终年的融雪、云雾、飞雨，把空气浸泡得湿漉漉的，轻轻地呼吸，都可以感受到那份冰凉醒脑的清澈。没了水，就没了夹金山，山顶的细流清澈透明，状似呼吸；山腰的溪水碧如翡翠，动若奔兔；山脚的湖水，绿如宝玉，静如处子。

因水而丰腴，因山而险峻，印象里的夹金山，山的粗犷野性与水的平和阴柔完美结合，诠释了中国文化的阴阳和谐之美，夹金山的山水，正是夹金山的魅力所在。

蜀中古镇行

古镇柳江

"明月柳江"，"烟雨柳江"。印象里的古镇柳江，总和唯美有关，总和唐诗宋词联系在一起。

总是怀想，一个秋深的日子，漫步柳江，黄昏的烟雨，夜晚的明月，阅尽柳江的诗意。

在哪条古老的小巷或者哪个转角的街头，一个古典的女子，一身青花的衣衫，一个青篾的竹篮，不需回头，就一个背影，足够柳江的唯美恒久。

我去的时候，是旅途的顺路。匆匆一眼，没有见到明月下的柳江，更没有见到柳江里的烟雨，和那个唯美的女子。

翘角的屋檐上，是否还挂着明清的繁华？古老的板壁上，有没有落魄文人的题诗？我没有时间去寻找。相传古时是芦村的这里，没有蒹葭苍苍的身影，绕镇而过的杨村河边，一家家茶楼掩映在古树的浓荫下，透着古朴。三二鹅鸭，悠闲地在河面觅食，一个老人微眯双眼，在河边垂钓。花溪河上，跳蹬如省略号，伸向对岸的喧哗。

茶馆里偶尔几个人在清茶的氤氲里下着中国象棋。屋檐下流过的溪水安静无言，一些乡下老人坐在檐石上，卖着猕猴桃和柳江兰草。

柳江，需要静下来，卸下浮躁，用脚步慢慢翻页那份诗意，以清茶细细品读那份空灵。

拾阶而上，在那些古老的青石小巷里，我带着遗憾离开。秋深的日子，我只是一个过客，无法感知柳江之美。

古镇上里

和几乎所有的江南水乡一样，上里古镇倚水而建，两条小河绕镇而过，临河斜伸出的树荫里，一间间的木屋窗口挂满酒幡和茶幡。吊脚楼下，水畔空地上，一张竹几、三五竹椅，游人在悠闲地品着香茗，嗅着对岸田野的气息。

古老的水车吱呀转着，乡土的上里依然繁华。上里也和所有的古镇一样，因为名气之盛，游人如潮水涌来，带来商业的繁荣，似乎再现昔日丝绸古道驿站的繁华之景。

高挑的飞檐上没有了昔日的风铃，宽大的戏台上也没有了川剧演出。观众的阵阵欢呼，错觉为了今天的声声吆喝。一个老妇在戏台下，安静地用刀砍錾着一种药材，仿佛那些喧哗与热闹都和她无关。

一些小女孩安静地坐在屋檐下的青石上，用粽叶编制着各种的小动物，那份安静和淳朴，就像是老家乡下的邻家小妹，置身在这片繁华里，她们还能坚持多久呢？

没有商业的繁荣就没有历史上的上里古镇，繁华成就了上里，上里带来了繁华。但走在这片繁华里的我，总是觉得格格不入，仿佛周遭的一切与我无关。

小巷深处，一家小店在卖手工制作的"鸡婆鞋"，很亲切很温馨的感觉在心里弥漫。

朋友说"二仙桥"那面很安静，适合喝茶，可惜与我走散了，没去喝成茶。其实，我们错过的又何止"二仙桥"的那盏清茶。

古镇李庄

这座千年古镇的闻名，并非因为它的历史悠久，而是因为一条大江，半壁河山，从此，这个叫李庄的古镇成为中国文化里一段抹不去的记忆，绕不开的符号。

临江而建的这座古镇，每一块秦砖汉瓦，都可以读出时光的沧桑。那个制刷的老人安静地坐在古老的屋檐下，细心地串着一根根的猪鬃，就像在细数一页页的古老时光。大江的磅礴和古镇的静谧构成李庄独特的魅力。

每一幢建筑都和抗战文化有关，每一条小巷都在追思文化大师们的身影，"同大前川，李庄欢迎，一切需要，地方供给"，烽火连天的岁月，小小李庄，用它的淳朴包容上万名知识界精英，成为中国抗战四大文化中心之一。十六字电文，闪耀着人文精神的光辉，延续了中国文化的千年传承，给了中国文化机构一个安静的栖息之地。

长江之畔，垂柳之下，一杯清茶，阅尽一江秋水。东流之水串起江之头、水之尾，串起一段无法回避的历史。千帆过处，千箱文物可曾记得颠簸之苦，万卷藏书默默祈祷安好之地，一座小镇，安放下一张民族文化的书桌。岁月尘封，江水依旧。

从《再别康桥》里走来的才女林徽因，以"一身诗意千寻瀑，万古人间四月天"的人生经历，奠定了她在近代中国文学史上的传奇。行走在李庄月亮田边的林徽因，还以其在建筑史上的成就，确立了其一代建筑大师的地位。李庄月亮田，从此便成为一份期待。

江边的那个小院里，古老的窗棂上布满了灰尘，略显潮湿的小屋里，那些皲裂的板壁，记录下了林徽因六年的时光。七十年的时光就这样悄无声息地在窗外的雨滴中流逝。

行走在青砖铺筑的羊街小巷，墙角苔痕青青，墙上斑斑驳驳，屋檐上雨水滴成根根银丝，像一行行的诗句。湿漉漉的天空布满阴霾，一个红衣的女子撑了一柄浅紫的雨伞，走进小巷深处，只剩空荡荡的小巷……檐下的雨点"滴答，滴答"回响，仿佛在轻诵戴望舒的《雨巷》。

李庄，如同一位独善其身的隐士，大隐隐于江。守着一条大江，守着千年历史，一如初初的那份婉约与静美。

古镇之美在于那份厚重的历史，那种文化的积淀，以及那份安谧的时光。

滔滔长江边上，李庄，把上千年的时光，站成一种让人流连忘返的隽永。

喜欢李庄，喜欢这份倚江守望的宁静之美。

我的草原

"草原的风，草原的云，草原的羊群……"优美的歌声让我徜徉在美丽的草原幻境中，草原，草原，开始强烈地煽动我的欲望。八月盛夏，带上女儿和老婆，我们踏上草原之旅。朋友说，草原最美在若尔盖。匆匆忙忙看了一眼九寨，就坐上开往兰州的客车，直奔若尔盖大草原。

出了山区，眼前出现丘陵地带，有点很小很小的草坪，我开始兴奋起来，但是女儿看了一眼，嘟囔：怎么不像电视上的草原啊？我按捺住兴奋，酝酿女儿的情绪，说等等，马上就会出现了。

过了川主寺，眼前开始出现大片大片的草原，三五成群的牦牛出现在路边，女儿和我都开始惊叫起来，草原草原，牦牛牦牛。车上的人们都好奇地看着我们父女两人。

若尔盖县城完全不像我们想象的草原特色，而是一些低矮的楼房。没有进城，和一个藏民司机讲好价，包了一辆面包车，直奔大草原。出了若尔盖县城，一望无际的大草原就出现在眼前，蔚蓝的天空上飘着一朵朵的白云，特别的美丽，到了草原才明白白云朵朵的意思，真的是一朵一朵的，白云下面铺着巨大的绿地毯，星星点点的野花像地毯上绣的花纹，点缀在草原上，这就是若尔盖大草原。此时，耳边仿佛响起那优美的旋律："蓝蓝的天上白云飘，白云下面马儿跑……"

草原，草原，我终于来了。忽然车上的人们连连呼叫：停车停车。我才发现公路两旁的草原上开满各色的野花，特别的漂亮，就像一个天然大花园，车未停稳，我们就冲出车门，扑向草原，"哇，好美啊！"直接躺倒在草原上不愿意起来，身边就是密密麻麻的野花，紫色，红色，白色，黄色……或一串串的像风铃，或一丛丛的像油画……比想象中更美丽，如今我们就把自己置身在草原上，没有距离，直接感受草原的真实，恍若梦幻，女儿说和我做梦见到的一样美丽。我们疯狂地按下相机快门，根本不用取景，连对焦都不用，只有一个念头，多照一些照片，快门不停地按下，咔嚓咔嚓咔嚓……希望尽可能多地留住这美丽，留住这草原，每一张照片都是绝美的风景，每一朵野花都有醉人的色彩。

我就想这样静静地躺在草原上，和草原零距离接触。感受这份草原的美，感受这份草原的静谧。草原是静谧的，但草原不寂寞，牦牛为伴，羊群为伍；草原是美丽的，但草原不艳丽，素面朝天，朴实无华。我喜欢这份草原的静美，和陶渊明的东篱南山有异曲同工之美，各有千秋，但都有那种超越世俗喧嚣的静美。"草原的风，草原的云，草原的羊群……"恍惚间，耳畔又响起这美丽的歌声，像草原一样特别地辽远。

开满鲜花的草原向远方延伸，蓝天和草原相连的远处，零星的帐篷安静地泊在无垠的绿色里，一群群黑色的牦牛和白色的绵羊悠闲地徜徉在草原上，安静地享受着这草原的丰茂。

热情的藏民司机告诉我们，前方不远就是花湖，"花湖"，一个听着就充满诗意的名字，继续前行约 20 分钟，就到了花湖。换乘别致的观光电瓶车进入花湖景区，微风拂过，湿润的空气中仿佛一缕缕花香袭来。远远地见到水天一色间，一个巨大的天然湖泊出现在眼前，木制的栈道沿湖延伸，好像伸进安静的记忆里一样，哇，这就是花湖。湖畔没有想象中的各色野花，但多了份超乎想象的静谧，茂盛的水草沿湖蓬勃地生长，绿得诱人，一些美丽的水鸟或一群群在湖畔嬉戏玩耍，或从水草中突然惊起，轻柔地从湖面上掠过，又悄然没入水草中，我实在受不了在栈桥上和花湖保持距离的欣赏，好似自己始终在风景之外，只有把自己融入风景中，才能感受风景的魅力。和女儿一起脱掉鞋子，踩着浅浅的水赤脚冲向花湖，冲向那份诱惑。这时突然发现天上的云彩不再是朵朵白云，而是一片片，颜色变得微深，在绿得眩晕的水草之上，在泛着波光的湖水之上，天、地、湖，突然之间像极一幅巨大的油画，美得让人炫目。

远处有藏民提供骑马服务，游客们可以骑着马儿"奔驰"（其实是漫步）在草原上，让被草原煽动起来的欲望过一把瘾。女儿也吵着要去骑马，但又怕摔下来，但实在经受不了诱惑还是决定试一试，终于骑在马背上的她，胆战心惊又骄傲地扬起她的笑脸，蓝天白云，粉红色的女儿，棕色的骏马，辽阔的草原，风中传来女儿的笑声。

"几十公里外就是九曲黄河"，一个无意间的消息把我们的欲望勾引得心里痒痒的难受，把草原之旅进行到底，奔赴黄河！想象着一望无际的大草原上一派浊浪滔天的景象，何等的壮观，激动不已的我们一路上都在想象，真实的黄河是什么样？车过唐克不远，一条清澈的河流从草原上流过来，我没有问司机，但心里疑云顿起，怎么没见浑黄之色啊？

"到了，前面就是黄河第一弯"，司机停下车，把手向草原一指。哦，这就是黄河，不会弄错吧？登上附近的一个山包顶部，放眼望去，一条大河从远方安静地流来，在我们所在的山脚下转了个弯又向远方弯弯曲曲地流去，安静得看不到一点浪花，像一根银色的绸带悄然飘落在绿色的草原上，潇洒、飘逸、优美，"九曲"之名名副其实。但黄河却没有想象中的浑黄和滔天浊浪，而是那样的安静，比长江还清澈，比草原更静谧。

离开黄河，我们又向红原方向而去，公路像一根黑色的破折号在草原上延伸，窗外是天草一色的草原，公路边一座帐篷吸引了我们，有卖蜂蜜的！我们下车询问，这些逐花而行的养蜂人告诉我们，八月的草原是最美的，各色野花开遍草原，他们的蜂蜜全是蜜蜂采的野花所酿，连蜂蜜里都能嗅到花香，大家都争相买了些带回，算是草原留下的记忆。

写这篇小文的时候，我一边听着草原的音乐，一边啜着草原蜂蜜水，回味那份草原的静美，美丽的草原又弥漫在我眼前……

卷一 行走山水

僰王雾竹

那年春天，县政协编写一本报告文学集，最后审稿阶段，政协给我们一周时间必须审定修改完毕书稿，为集中精力避免干扰，决定封闭审稿，地点在兴文僰王山上，我和几个编辑一起在这里度过了一周难忘时光。

僰王山漫山遍野的竹，像竹海。我们住的客栈是一栋三层小楼，从窗口望出去，层层叠叠，天地之间，除了绿还是绿，无边无际。偶尔有几幢民居掩映在竹海里，静美如世外，我们想，那应该是神仙居住的环境吧。

每天除了三顿饭外，一直窝在楼上房间里改稿，二人一间屋子，每人十篇稿子，逐字修改，差的稿子，还需拆散重写，那一段日子几乎过得昏天黑地。客栈老板是个二十八九岁的湖南妹子，大学毕业后打工时遇到现在老公，结婚后，看见老公家乡僰王山风景优美，就放弃打工，在山上开起这家客栈。老板娘热情好客，每天吃饭时候大家都喜欢和她叨家常，渐渐熟悉了也和她开开玩笑，一个朋友喜书法，老板娘特意买来纸笔，请朋友留下"墨宝"留念，这是枯燥改稿日子最放松的时光。

那日，午后就开始下起小雨，沥沥淅淅，黄昏时分，从稿子里抬起头来，揉揉困乏的眼睛，推开后窗，突然发现窗外，微雨中的竹林里弥漫着浓浓淡淡的雾气，微风吹过，那些雾岚像乳白色的精灵在林间舞动，特别的漂亮，我惊喜地喊起来，"好美的雾竹"！

此时，雨中的僰王山会是什么样的景色呢？我忙带上雨伞，爬上楼顶，整个僰王山都笼罩在一片烟雨中，远山近竹，除了白色，就是绿色，白的是雾，绿的是竹，近处的绿，绿得发亮，远处的白，把天地连接在了一起。雨中的僰王山，就是一阕婉约的宋词，一幅江南的水墨。

撑着雨伞，站在屋顶，我就这样静静地欣赏着雨中的僰王山，想起那年暑假，我和几个朋友来到僰王山，寻一农家住下，一觉醒来，推窗望去，昨夜下起了小雨，薄如蝉翼的雾岚在清晨的竹林里游动，好美的景色！赶紧把朋友叫醒，让主人泡起几杯清茶，搬来几张竹椅，坐在场坝里的竹棚下，一边看雨，一边欣赏雨雾中的竹林景色，怡然自得。那是我第一次看见僰王山的雾竹，如一位江南女子，清新脱俗，又像一位山野村姑，回眸浅笑，有时又像雨巷里的那位女孩，撑着油纸伞的影子渐渐远去……

朋友唤我吃饭的声音惊醒了我，吃完晚饭，我们继续加班改稿，窗外那些轻轻柔柔的雨声，老让我走神。屏息静听，仿佛一位素衣女子在古筝上拨弄轻轻浅浅的心事，有时雨声大些，又像一些平平仄仄的韵脚，让人想起那些婉约的宋词。

第二天一早，六点多钟起来，推开窗，雨早已停了，窗外的竹林仍笼罩在雾岚里，空气特别地清新，深深地呼吸一下，整个心肺都像被清洗了一遍似的。我约上一个朋友，去林间走走，这也是我们一个星期的改稿会中唯一的一次忙里偷闲。

雾岚没有那么浓了，淡淡地在林间缠绕。僰王山的竹尽管规模没有蜀南竹海面积大，但我更喜欢僰王山，除了这里独特的清幽静雅环境外，还有独特的奇泉飞瀑，随处可见的溪水、瀑布，让这里的空气特别地清新，即使在炎热的夏季，这里也特别的清凉，四季多雨，有雨就有雾，构成这里独特的僰王雾竹景象，整个僰王山就是一个天然的大氧吧。

我特别喜欢这里的"雾竹"，雾和竹的结合，概括了这里的环境和气候，这是一个让人身心安静的地方。沿林间小径慢慢走去，我被林间的雾景陶醉，停下来细细地感受。朋友在前面催促我赶紧去看瀑布，飞步而下，远远听见哗哗的声音，近前只见一根银链从山上掉下，原来这里就是"春雪瀑"，腾起的水雾溅到脸上，凉凉的，特别地惬意。栈道在竹林里蜿蜒绕行，更多的瀑布出现在眼前，夫妻瀑、梦溪叠瀑、龙泉瀑、同声瀑、宝盆谷围瀑……

不知不觉来到了"飞雾洞"，这是一个垂直的山洞，小心翼翼地从逼仄的石梯下到洞底，通过一段近百米长的暗河，就到达"飞雾洞"底。一路穿越山谷而来的溪水突然掉下来，落差达数十米，腾起的水雾终年氤氲，洞底宽数十平方米，洞壁因为岩溶变化形成奇特的书页状，各种藤蔓植物攀缘壁上。据说晴好天气，阳光从窄窄的洞顶泄下来，就会看到彩虹和光瀑。

突然想起那年我们来樊王山游览"飞雾洞"时的趣事，我随手扯了几株野草，女儿问是什么？由于形似兰草，我信口说是兰草，叫"飞雾兰"。大家都想恶作剧一下，于是将"兰草"摆放在"飞雾洞"前，女儿在那里一本正经地吆喝着卖"飞雾兰"，竟吸引了很多游客围观，在游客询问价格时，忍俊不禁的我们"落荒而逃"……

想起往事，会心一笑。从"飞雾洞"出来我们绕道回客栈，晨雾渐渐散去，无论我们怎样追赶，却总赶不上晨雾退让的脚步，远处的竹林在轻雾里若隐若现，我们走到时，那些浅浅淡淡的雾岚又走得更远了。

改完书稿已是周末了，本来大家说好工作完了要好好地参观下樊王山，感受下这里独特的静雅，我也想再细细领略樊王雾竹的魅力，但出门一周，大家归心似箭，匆匆收拾行囊踏上回家的行程。

从此，樊王雾竹常常出现在我的梦里。雨中的樊王山上，茅舍农家，檐下，一张竹椅，一杯清茶，闭目听雨，檐外，细雨微濛，轻纱般的浅雾，丝丝缕缕在竹林间氤氲……

阆中的恬淡时光

"阆中古巷锁千年，一地斜阳照古今。"那个夜晚，坐在古城一家卖小吃的店子里，墙上贴满食客们的心情文字，我也随手写下两句留在那里。

一直想去看看这座嘉陵江畔的千年古城，今年五一期间终于成行。到达古城时，人潮涌动的巷子里，各种喧哗声飘来，空气中弥漫浓浓的醋香味道和张飞牛肉的吆喝。在夕阳西下的巷子里，我漫无目的地走着，觉得和几乎所有的古镇一样，老街老屋，几乎没有新意。走进巷子深处，三二老人，坐在屋檐下闲聊家常，或者独自坐在老树下发呆，任夕阳的余晖洒过喧嚣的人群，洒在小巷深处的这份闲适和恬淡里。

高大的中天楼矗立在古城的中心，苏轼、米芾等大家的手书让这座古楼多了一些文化的底蕴，燕子们纷纷地在城楼上筑巢，让暮色中的中天楼多一份神秘。这楼传说是古城的风水坐标和穴位所在，穴位之说让人突然想起金庸的武侠小说，更多的人总是在世事里把自己的穴位隐藏起来，而阆中却如此高调，应该源自那份自信。

夜幕降临，月华如水。一些年轻人走进小店，把一些心事写在卡片上，封存在 365 个格子的某个格子里，寄存一段时光，寄存一份心情。或者在某个咖啡屋里，一本古籍或是一册新书，任时间一点点老去。

低矮的屋檐上，挂着一盏盏的灯笼，如一段段流年，向小巷更深处走去，月光流淌在古老的青石街面，映照着斑驳的古墙上，那些或秦汉，或明清的泥土青砖。穿行其间，恍若时空穿越。几个捉迷藏的小孩嬉笑着从身边跑过，我突然会心一笑，儿时的夜晚，也常常做这样的游戏，在千里外的这座千年古城，我突然又捡拾起一些久远的记忆。

小巷很静，大街上的那些灯红酒绿似乎和它无关。我就这样悠闲地走在这些古老的巷子里，任时光如水，走在醋香和肉香之外。

我居住的客栈，是一座老旧的四合院，很小，但很雅致。天井里，放置了几张喝茶的木椅，斜倚在木椅上，闭上眼睛，小院寂然无声，仿佛躺在山林里的吊床上，独享那份自然的宁静。

一觉醒来，晨曦从木格窗棂上照进来，想了很久，才记起身处这千年的古城。轻轻地打开房门，走进小巷，游客们尚在梦乡，街头只有早起的清洁工在清扫巷子，早点店已卸下门板准备营业，这情景和多年前那座位于南广河畔的小镇一样，只是没有了儿时的油炸粑味道，少了巷子里晨起挑水的身影和江边浆洗的妇女。

渐渐地，初夏的太阳从那些青黛的屋顶上洒过来，巷子里的人开始一点一点地多了起来，一天的繁华又开始了。民俗表演从巷子里走过，"哐哐……"的铜锣声里，端坐着猛"张飞"的马车吱呀地碾过青石古巷开始巡街，"滴滴答答……"的唢呐声后面是喜庆的迎亲队伍，花轿、媒婆、新郎一应俱全，看热闹的人们脸上洋溢着兴奋，仿佛是他们自家的事儿一样。

古老的文庙和贡院都和读书人有关，文庙是一种精神寄托，贡院是数载寒窗苦读的检阅。而文庙前的冷清和贡院前的热闹形成鲜明的对比。贡院前的广场上，3元一次可以坐在古时的人力车上照张相，10元钱可以穿上戏服照相。

博物馆里几乎没有游客，新石器时代的磨制石器上似乎有一些凝固的痕迹，又似乎有一些浅浅的微光。嘉陵江水依旧清清淡淡地流过，古城似乎还是旧时的古城，又仿佛不是旧时的古城。千年不变的只有阆中之名，有些坚持，久了，就成了一份传说。

遍植的古槐和巷子一样地向远处延伸，皲裂的树干里藏满了太多的时光。晨风拂过，枝叶轻轻摇动，青绿碧翠的古槐，让人的心变得特别安静。季节早了一些，槐花未开。"槐花满院气，松子落阶声"，我仿佛见到白居易面对满城的槐香时的心情："袅袅秋风多，槐花半成实。"

再过些日子，满城尽是淡淡的槐花香。到那时，该是多美的景致。

卷
二

乡情如歌

散步，就是把一些胸中块垒，在这生命勃发的青山绿水

间散去，卸下疲惫和无奈，那些卑微的山花野草，是我生命

里不可或缺的常备草药，疲惫的时候，很喜欢在这样的环境

里走走，把自己置身在这样空灵的环境里，心境会变得澄澈

单纯。

大美庆符

川南之南，滇北以北。

古镇庆符，一个宁静而古老的小镇。

依山傍水，当清晨一家鸡鸣引来百家鸡鸣时，炊烟就开始袅袅了，颇有些乡村的味道。临河而建的上下河街，青石板已磨蚀得凹陷而发亮，檐坎下的石窠记录着古城的岁月。河边，洗衣的姑娘大嫂在晨曦里忙碌，一些鱼儿总是在水里蹿来蹿去地打扰。母亲这时已从河里挑了满满两大桶水，一步一步稳稳地走在回家的高高石梯上。儿时的记忆里，总是这样一幅定格的画面。

这片土地，因水而繁衍，因水而厚重。

这条河，叫南广河，是万里长江第一条支流。它好像一条玉带，从远古飘来，优雅舒缓地飘落在川南这碧韵玉黛的群山之间，从古城缓缓地穿城而过，让这里多了一份灵秀和安宁。依水而建的这座古城，因水而出现，因水而繁华，因水而繁衍，历史注定它的命运和南广河紧紧相连，没有南广河，就没有庆符的存在，而没有庆符的存在，南广河却是寂寞的。

"仁者乐山，智者乐水"，这里山水依存，有江南水乡之婉约，有山水园林的秀美。当年中央电视台《话说长江》专题片，对宜宾境内记录最多和最长的，就只有南广河，当光影记录和优美的诗句再现南广河的美丽神奇时，更多的人开始知道了南广河的存在。"是啊，南广河没有金沙江那样磅礴的气势，但是，金沙江也难得有如此安逸的情怀。"诗句一样的解说词让人对这条河的宁静和神秘充满了向往。

2500多年前，老子以"上善若水"的感叹，留下对水的千古礼赞，我们不知道老子当时的心境，但站在南广河畔，面对一江清波，我突然就想起了老子的这句礼赞。今日之庆符，如一片橄榄叶，轻盈地飘落在南广河畔，依一江秀水，揽百里风光。灵山秀水，一江横流，二千载时光，每一寸都回响船工号子的雄浑，八百年岁月，每一页都闪耀古老文化的光芒。

这片土地因文化而厚重。

庆符古城依山而建，临水而居，山是庆山，水是符水，故名庆符。南广河在汉代以前称为符黑水，因沿岸森林植被丰茂，倒影水中，犹如浓墨，故名黑水。汉武帝太初元年（前104），汉王朝为加强对五尺道的管理和经略云贵广大地区，而设立南广县。符黑水因横贯汉南广郡辖地而改名南广河，在汉唐时又名石门江。

从云南雪山深处流来的南广河，在筠连、兴文、珙县、高县、庆符群山间穿行，在南广古镇汇入长江。自古以来，这条河几乎承载着宜宾南六县的水运。穿峻岭，越险滩，贯县境，惊涛骇浪，千帆过尽处，见证岁月嬗变。历史上无论秦汉五尺道，还是唐宋石门道、明清盐道，入中原，出云南，以至南亚，无论水陆，庆符皆是必经之地。五尺古道，分水陆二路，水路沿南广河而上经过庆符，陆路从长江过江，沿南广河的峡谷而上，在庆符交汇，从庆符过河经石门、筠连出川进入云南。因此庆符成为五尺古道上的一个繁华古城。南广河上每一朵浪花，都是一部南丝绸之路沧桑巨变的历史，庆符古城每一块砖瓦，都镌刻五尺古道繁华兴盛的时光。

昔日南广河繁华的水运，成就了庆符的盛名，庆符原为县治，辖地从治南之石门直到长江边，这一段是南广河水运的黄金水道，伴随繁华的水运，必然产生丰富的民间文化，千帆云集的南广河上，纤夫们雄浑阳刚的纤夫号子成就了著名的南广河号子，因民间称长江为大河，南广河为小河，因此在民歌中，南广河号子又称小河号子，在川江号子中非常有名。南广20

世纪 50 年代时还进入中南海演出，此后长期在中央人民广播电台播放。

　　庆符古城作为城镇的历史，自唐初始。贞观四年（630）时属石门县址，天宝中置羁縻曲州，宋政和三年（1113）复置庆符县，一直为县治所在，古时叙南六县中，民谣里唱到"庆高筠，珙长兴"，庆符之繁华可见一斑。治南五里之石门关，以南为羁縻之地，以北乃中原辖境。这里自古为川滇要冲，中原与南诏分界。石门以南，原为羁縻高州，以北直至长江，为叙州庆符县。

　　自先秦叩响文明的回声，常頞凿石开阁，唐蒙始通石门，这片土地留下太多文化遗存，拂去五尺古道的历史烟尘，石门除了留下种种千古争论外，还在中国文化史上留下浓墨重彩的痕迹，石门右侧石门山上因盛产兰花，"林薄间多兰"，品种众多，香飘十里，又名兰山，此处所产之兰即为兰界名品石门幽兰，曾为贡兰的传说更添神秘色彩。明状元杨慎（升庵）过石门曾写下著名的《采兰引》一诗。更让人念念不忘的是《唐诗三百首》中孟浩然之《秋登兰山寄张五》，史料上对诗中兰山的释义，一直是四川庆符兰山，其实孟浩然生平未到过川南，但因庆符石门兰山之盛名，而谬载之。这个文学史上数百年的错误直到近年才得到纠正，但这段传奇一般的故事，不仅成就了石门，更成就了庆符之神秘色彩。

　　庆符，这是一片祥和之地。

　　庆符之名，我儿时一直理解为庆贺祥瑞之意。后来才知道来历。而宋朝时曾一度在这里设置祥州的历史，却印证了我儿时的一些猜测。从版图上看，庆符虽然地处边陲之地，但诸葛南征时曾屯兵汉阳（庆符以南），明王朝时朱元璋之嫡孙被封为庆符郡王，这片土地属庆符郡国，却显示了庆符不可小觑的历史地位。

　　无论僰人袭扰还是白莲教起义，及至太平军激战，经历了太多岁月的风雨，但庆符古城没有遭遇大的灾难，称得上祥瑞之地。

　　五十年前，庆、高二县合一，因交通之故，庆符并入高县，始称符江，三十年前，恢复庆符旧称，十年前，县城迁移庆符，再现庆符辉煌。如今的庆符，以江为隔，老城依旧，走在古老的小巷里，不经意间就会打捞出一些斑驳的岁月，而新城在不断拓展希望，让人憧憬美好的明天。

今日之高州，境内遍布山川河流湖泊，如果说山川是一个人的骨骼，那么遍布境内的河流湖泊就是血肉，而南广河就是那条主动脉，串起七仙、踏浪、荔枝、惠泽四大湖泊，以及宋江河、二夹河，还有大大小小的溪河，滋润着这片古老的土地。

登高远望，庆符位于一个大盆地中，环周皆山，阻隔了恶劣气候的袭击，风调雨顺的人民悠然自得。南广河从远方流来，在古城里绕了两个 S 形的弯道，形成一个天然的太极图案，环城皆水，因此庆符古城被誉为"太极之城"。

美哉，庆符古镇，妙哉，太极之城。

红岩探秘

　　红岩，顾名思义。岩是红色的，土是红色的，山是红色的，从地质上属于丹霞地貌。川南高州，有一南一北两处红岩山，又称可久红岩山和胜天红岩山，两山相隔百余华里。两处红岩山均有佛教文化，且都较有名气，两处红岩山又各有特点，南红岩以其雄奇峻险扬名，北红岩以其神秘清幽著称。

雄奇峻险南红岩

　　高州南二十里，有山名红岩。丹霞绝壁，高耸云霄。山高只能仰视，红岩堪比丹霞。雄奇峻险，连绵数十山峰，或狮或豹，或熊或犬，有如祖胸圣女，有如川南汉子，诸般异象，顿生浮想联翩。晨光微曦，轻雾薄岚里，隐约有木鱼多多传来，或有钟磬之声缭绕，绝壁磬音神往，仙界凡间咫尺。

　　自古高山名川多有庙宇，这也许与佛家的清净和禅道有关吧。南红岩也不例外，山巅崖上有寺，名曰：半边。寺前即是悬崖，绝壁之上，寸草不生；寺后亦是奇峰，如舟在海，白云波涛。该寺最早建于清乾隆五十七年（1792），距今已有 200 余年历史。嘉庆十五年（1810）、光绪二十七年（1901）曾两度修葺着色。由于南红岩山势险峻，山上几无平地，在红色峭壁上凿孔固定木梁而建，寺庙较窄，仿佛山一半寺一半，故名"半边寺"。寺在悬崖，浮现云端，半边寺自古即充满传奇色彩，成为川南一道独特的人文景观。

儿时伙伴嬉戏，有人被罚，余皆幸灾乐祸，拍手唱起儿歌："红岩白岩，捡得挨（白挨）。"那时就知道远方那座最高的山，是红岩。夏夜月亮下，兄妹围坐院坝，母亲遥指月色下隐约的红岩，讲述一些神仙妖魔的故事。长大后，第一次去南红岩时，上山的小路都荒芜了，只得从茅草丛中爬上去，快到山顶时，却没有了路，必须要手脚并用，从一个岩壁爬上去，那个岩壁的地名也很形象生动："狗爬岩。"

夏初之时，微雨初晴，太阳的温度渐渐灼热起来。天空碧蓝得让人心动，突然就有了去南红岩看看的念头。

巍峨高耸的红岩山，在阳光下泛着金光，一如大山汉子的雄性阳刚。山下的佛光湖畔，垂柳依依，微风拂过，如伊人长发飘飘，波光粼粼，一如江南水乡之婉约。视觉的强烈反差，情感的剧烈撞击，构成南红岩一幅独特的山水共生画面。

南红岩海拔高约千米，以红岩凿石筑成千步石级，似一根红色的绸带蜿蜒飘向山巅，忽隐忽现，到得山脚，一种冥冥的召唤让人顿生敬畏之心，总有念想要去膜拜。

从山脚到山腰，处处皆可见人工凿成的石洞，或在红色的岩壁上，或在一整块上百吨重的巨石上，原来这是南广河流域崖墓群，在南红岩山一带比较集中，达40多处。崖墓上雕刻有很精致的花鸟虫鱼图案，更有渔猎农耕场景。墓室内一般高约七八十厘米，宽窄不一，有的是单室，有的是双室，有精巧的排水系统，非常科学，反映了古人精巧的智慧。

据传说，崖墓的主人是僰人，也有说是僚人。和悬棺一样，崖墓是古人的一种墓葬方式。僰人是这里的原住民，是我们脚下这块土地真正的主人，他们以农耕为主，世代居住在这莽莽群山之中。西周初年，因协助周武王建立周王朝有功，被封为僰侯国。但骁勇独立的这个民族，因反抗封建王朝的欺压，终招致灭族之灾，明万历年间这个民族在屠戮下消亡。

崖墓之上的半边寺，供奉着普度众生的释迦牟尼等一众菩萨。声声佛号，日日诵经，普度的是前世还是今生，或者来生？对佛家我没有研究，但善恶因果却是人类代代相传的劝谕，无论古今中外，每一个寺庙，都传递着"放下"的禅道梵音。有些情感无论时光如何流转，始终是亘古不变的，在我们的心底深处，轻轻触动，便洇湿了一部千年的历史。

半边寺在千层石级之上，登山是需要毅力的，拜佛亦然，一个又一个希望支撑下，才可以历经折磨，虔诚地匍匐在菩萨脚下，这时的心底，最是澄澈明净。

昔日辉煌的寺庙如今早已被毁，仅存石窟摩崖造像 12 尊及台阶石级，佛龛高约 3 米，12 尊菩萨历经劫难基本完好无损，已属难得，更让人惊叹的是诸路菩萨仍栩栩如生，庄严肃穆，显示当年雕刻艺术的精湛。从现存遗迹可以辨识出当年的庙址长约 20 米，宽不足 10 米。遗址旁，今人新雕刻观世音菩萨金身，在阳光下闪闪发光，还有一尊刚完工的千手观音像，线条粗犷古朴，两尊菩萨像对比鲜明。

背依菩萨，远观群山，气势宏大开阔，俯瞰山脚，阡陌纵横，农舍炊烟，万物宁静。忽觉在自然面前，人之渺小如尘，世间种种烦扰，其实都是自寻，其实不过一炷香烛，终归宁静。

一丛芦苇，从秋天的诗意而来，穿越季节的霜寒雨露，坚守在寺前的绝壁上，微风里，已然没有了苇花，但它仍在守望，下一个秋天的到来。

神秘清幽北红岩

戎州之南，高州以北，有一片丹霞峭壁，如上苍遗失的云霞，掉落在万顷绿海碧波里。这就是高州北红岩山。

山在古庆符祭天坝旁，祭天坝，自古为庆符鱼米之乡，意为祭祀上天的地方。山北有寺，名"流米"，佛号声声从崖边响起；山南有"海"，长"桫椤"，山风沙沙如梵音空灵。山幽林静，一片桫椤就把红尘滚滚阻隔在时光之外。

一直以来有个心愿，在北红岩山上住一晚，感受亿万年上古的召唤。

春末的一天终于得偿心愿。上得山来，先寻一农家乐住下。屋后皆平地，唯该处突兀长出一巨大红岩石，当地人称"天生一石"，石旁有一泉眼，从未干涸过，主人掘地为池，养上金鱼。池畔李果累累，压满枝头。

夜宿红岩，沿景区公路漫步，无月无星，偶尔几声犬吠，在草木的清香里，嗅到熟悉的泥土气息。夜，安静得让人怀想，好多年前的儿时记忆。这样的夜，这样的群山之中，我似乎只是一个农人，简单而辛勤劳作，回归人类最初的本真。这一夜，风雨来袭，我睡得很香甜。

红岩流米寺，号为川南首，香烟数百年，劝善古今人。洞窟流米传说神奇，僧人贪心凿洞断流，佛家俗世一脉相承，自古即警世人戒贪。更有三教合于一寺之罕见，山西悬空寺外尚未所闻。43尊摩崖石刻，1500余年祭拜历史，儒道佛合于一统，折射二千余年思想文化之演变，彰显中华文明兼容并蓄之包容。寺前九龙柱，建于清末，连年大旱，民众设坛祭天，祈求苍天福佑，万物葳蕤。寺中流米戒贪，寺前龙柱祭天。一戒一求，掩面而叹，肃然起敬。

流米古寺更蹊跷，入寺却需绕门行。门外六级浮屠塔，彰显昔日高僧德。当年坐化地，今日向善处。流米全寺，依山而建，四合院落，气势恢宏，威仪肃穆，飞檐高悬，雄伟大方。木鱼铜钟，清幽山间回响，香烟袅袅，仙界人间恍惚。寺后有山，刀削斧劈，无路可寻，古人石壁凿窠，方可攀缘而上，今人已筑石栏，护佑游人安全。红色石壁，青绿苔藓，似有佛性偈语，又像地图纵横。山顶有一塔，可焚香可祭祀。塔旁有空地，僧人遍植桃李花卉。俯瞰群山，炊烟阡陌，星罗棋布，未尝有几许豪气，却萌生思幽之情。

红岩景区逾40平方公里，山、云、湖、瀑、溪、泉、花、树，丹霞地貌，上古造化，佛寺访静，桫椤寻幽。绕行山南侧，七八里，即到桫椤海。

一入桫椤深似海，踏遍沟壑不忍离。一丛丛、一片片，如海，似涛，阔大的桫椤叶仿佛一柄蒲扇，扇去红尘纷繁；宛如跌入人间的仙子，不着一丝世俗。名桫椤，名树蕨，名蕨树，三亿年前白垩纪，历经变迁却生存。比恐龙更古老，叹生命之坚韧，唯一木本蕨类植物，堪称植物学界活化石。可考古、可科研，却不如可寻幽。

这里的山山岭岭生长着近十万株桫椤，株高三四米，或甚七八米，像椰子树冠，如巨伞华盖，枝繁叶茂，遮天蔽日，叶如凤尾，仿佛长袖轻舞。有桫椤的地方，必须具备雨、泉的要素，常年雨雾笼罩，湿度温度适宜。穿行在桫椤海里，常遇突如其来的细雨。随处可见溪泉飞瀑，放眼即是桫椤丛生。即使盛夏之时，也有浓荫蔽日之凉爽，绝无酷暑难耐的烦扰。置身桫椤海里，可以忘却一切，似乎你就是一株历尽劫难的桫椤，安静平和地立在溪畔崖边，前世今生都不重要，此刻，你就仅仅是一株淡看云起云散的桫椤。世外之桃源，人间之仙境，思古之幽地，忘忧之乐土。

传说中月亮里的那株树，不是桂花，是桫椤，树旁的那人不是吴刚，而是嫦娥，桫椤长成思念的家门，亿万年来，她一直倚门守望，凡尘间的那份牵挂。在桫椤海中央的桫椤门前，我聆听着这美丽的故事，在这无边无际的绿意里感动。

桫椤海里除了桫椤，还有古树参天，藤蕨丛生，翠竹青葱，上万种的植物构成一个天然的植物王国，铁树、银杏、红豆、桢楠、菩提、水杉等珍稀树种随处可见，枯死的古树间杂其间，尽管他们都比桫椤更高大挺拔，但他们也仅历数百年短暂风雨，淡泊的心境原来可以抵挡岁月的沧桑。

桫椤常绿，从不凋谢；桫椤喜雨，性情温和；桫椤远离尘世，只为一份淡淡的幽雅。桫椤的梦想，就是这份红尘之外的宁静。这是春末最后的微雨，踩着白垩纪的记忆，穿越，在桫椤之海。取舍与得失，有时就是那么简单，惊艳或朴素都不重要，只要绽放过。无论你看见或没有看见，我来过，每一天都呼吸着最纯粹的空气。

暮色苍茫，不忍离去，回望桫椤，我的灵魂已遗失在这片桫椤海里。

三月林湖尽茶花

三月，面向大山，遍地花香。

乌蒙余脉，群山含黛，云雾缭绕。周末，春意融融，约上三五好友，前往高县罗场镇林湖村赏茶花。

车过高县罗场镇文坛巨匠阳翰笙故居，绕上九曲蜿蜒的乡村水泥公路，沿山脊而行，向群山深处延伸。车近林湖村，一丛丛的茶花出现在公路两侧，让人忍不住赞叹、惊艳。再往前行，漫山遍野都是茶花，我们置身在一片花的海洋中。

弃车而行，眼前各色的茶花让人眼花缭乱。红的像牡丹，粉的似桃花，白的若浮云，还有的粉面含羞，一抹红晕飞上少女的脸庞，有的七彩斑斓如霓裳羽衣飘飘若仙；有的花瓣层层叠叠艳丽袭人，有的单层秀色清纯可爱，忍不住轻捏花瓣，如婴儿般肌肤柔嫩。十八学士、壮元红、绯爪芙蓉、茶梅、杜鹃红山茶、赛牡丹、伊丽莎白、红珍珠、恨天高、童子面、朱砂紫袍……这些从书本上才可以看见的品种，在这里比比皆是，让人目不暇接。

进入茶花丛中，向茶花更浓处寻觅，牵引我们前行的不是脚步，而是被茶花诱惑的目光，花愈浓处，有低侬软语从花枝间飘来，更有奔跑嬉戏的倩影惊落下了片片花瓣，踏春季节，逐花而行，美女佳人，欲与茶花比娇艳，俱逊也。

满枝花颤，一地落英，"化作春泥更护花"这句古诗在这里有最好的注脚。花开花谢，你来或不来，它都在春光里展现生命最灿烂的美丽，"憔悴损，如今有谁堪摘"？花泥中有谁记得那些曾经的坚持与坚守，就如高处那株向阳独立的茶花，似乎在翘望远方的归人，春去春来，望穿季节，望断山路，朝露晚霞，守望那一瞬慧眼的停留。

有山路层层伸向山顶，登高远望，极目四野，群山涌动绿浪，起起伏伏，层层叠叠，似蜀绣织成的绿袍，那些盛开的茶花隐约在一片春绿里，仿佛是点缀在绿袍上的花儿，忽隐忽现，如满天繁星，又好似万家灯火。山风轻拂处，"海"！我们终于体会到"花海"的含义。万亩花海，生态氧吧，绝不是浪得虚名。

有牡丹之艳，却无牡丹之富贵浓香，有樱花之美，却无樱花之娇柔婉约。茶花，以其生命之顽强绽放宁静之美，一如花泥，更像这片大山的性格。情有独钟于茶花的林湖村民，如茶花一样地执着坚守，默默将这乌蒙深处群山尽绿，遍野皆花。

"那就是云南省盐津县兴隆乡的地界"，朋友手指远处的大山。位于川滇交界处的林湖村，海拔近千米，气候非常适宜种植茶花，经过村民们近30年的不懈努力，如今已有各类茶花万余亩，茶花品种100多种，成为省内乃至国内颇有名气的茶花基地，年销售茶花收入上千万元。留恋不舍的朋友们纷纷玩笑，"不走了，就在这花海里作一个花农，快活神仙！"

因茶而美，因花而富，上万亩的各色茶花让村民尝到了甜头，全国各地的客商纷至沓来，在苏州、昆明、上海……的庭院、街道，都可以看到乌蒙林湖茶花的身影，林湖村，也因此被誉为"四川茶花第一村"。一幢幢的民居村舍点缀在这漫天花海中，那是村民们的农家乐，由于花海数量之大，品种之多，在春初盛开，各地游客纷纷前来赏花观光，勤劳朴实的村民们捕捉到了商机，开办了数十家农家乐，方便了游客也增加了村民收入。

村民们还组建了茶花专业合作社,改变传统的分散农业生产习惯,集聚合力,发挥整体优势,走出大山,走向市场。为进一步扩大知名度,已走进市场的村民们还开办网站推广林湖茶花,让茶花和文化结合,举办茶花节和各类摄影、文学创作活动。

三月林湖尽茶花,一脉乌蒙唤客来,遍野春意好做伴,人间芳菲恨春催。

春有约（外三章）

仲春二月，春有约。

乌蒙早茶的清香穿越沥沥春雨，在窗前萦绕，想来那山之巅，云深处，已是绿意满山，茶花满岗。

赴约春天。赴约这二月的乌蒙。

行行茶垄，根根筝弦，芊指轻过，茶香四溢。一脉乌蒙，一部茶经，五尺古道，茶香浸透。点点茶芽，字字诗经，陆羽慧眼，茶香千年。

茶花仙子的玉指划过古筝琴弦，划过乌蒙的静寂，如"巍巍乎高山"，如"洋洋乎流水"，乌蒙之高耸，符水之潺潺，千年茶树，以丝竹之声诠释茶道，诠释乌蒙早茶的灵韵。

那些跃动在绿浪里的芽儿，化身为茶，凝固成春的窈窕，封存下春的气息，以袅娜的舞姿，在杯中舞蹈，以一杯香茗的温度，感受春阳的暖意。茶与筝相遇成茶之道，茶与人融合为人之道，"早白尖"，为千年乌蒙诠释茶与人之道的境界。高山流水，阡陌山路，伯牙陆羽，乌蒙深处，年年岁岁，往返流连。

绿袍袭人，轻纱飘逸，如美人巧笑倩兮。缀满衣襟的，还有一些姹紫，一些嫣红。逐一缕茶香而寻，极目山冈，总有些鲜艳的色彩，如脑海中跃动的文字，隐约如歌，恍然若梦，牵动我的脚步。

绯红如霞，恰如初遇；奔放热烈，一如新婚；相守私语，平淡如水；

翘望归人，焦急期盼；泪湿妆容，憔悴如斯。一如那位守望千年的村姑，乌蒙山巅，向阳的山冈上，望断山路，望老容颜。

熟悉的色彩，可以因为时间让人感动，偶然的小事，可以因为季节让人冲动。这个春天，这份春约，突然间就被漫天的鲜艳把我吞没，我却不愿意自拔，就这样沉溺下去。一瞬间的冲动，我迷失在这个叫花海的地方，在这片叫林湖的山冈。

远观含蓄，靠近热烈。一如那些荷锄的农人。

春天的乌蒙，春天的林湖。我听见春天拔节的声音，我看见春天闪亮的色彩，我还嗅见春天纯粹的味道。

山茶花

雅而不俗，艳而不妖。花浓却静若处子，无味却香进心底。

川滇相连，乌蒙余脉。有花名山茶，盛开自山崖。一朵朵，一簇簇，一片片，一浪浪，山峦起伏绵延，花海波涛相连。走近时，你才可以看见它的芳容，在枝叶间舒展它的美丽。茶花的美很惊艳，但却不华丽，是那种可以让人安静的美。它不招摇，总是藏在厚厚的叶片里，含蓄而内敛。它很坚韧，从不放弃对美的追求，坚持而执着。

李花娇，桃花艳，三月柳絮恨春催。唯有茶花笑对寒冷，见证春天，直面夏日。从寒冬到初夏，高高低低的山冈上，茶花次第盛开，前赴后继，从不气馁，在盛开里迎接凋零，在凋谢中绽放美丽。枝头万千花争艳，树下尽铺锦绣毯。三月的林湖，万亩茶花，将人淹没在缤纷各异的花海里，迷失不知归途。

山茶花，总是与大山有关，大山是它的生命，悬崖是它的茅舍。无论是宫闱庭院，还是雅舍殿堂，不以花香示人，所以没有蜂蝶左右，隐入枝叶深处，明了美丽不在外表。

春雨潇潇，山碧如洗，风掠轻岚，信步小道，融进花海。粉嫩的童子

卷二 乡情如歌

面，斑斓的七彩花，儒雅十八学士，奇特绯爪芙蓉，素洁雪塔，羞涩雪娇……昨夜细雨湿枝头，茶花带露总含羞，浅雾轻纱里的茶花仿佛从梦里走来，恍惚前世的一些记忆，是山溪茅舍边那个浣衣的女子？还是相守田园里，那个依偎的知音？

一片嫩嫩的绿草地上，微风吹来一片粉嫩的花瓣，没有落英带来的伤感，却似一件唯美的艺术品，镶嵌在这春天的画框里，让人百读不厌。

怒放而不张扬，浪漫却不浮华。或独立枝头，或两两相望，或耳鬓厮磨，这些乌蒙深处的茶花，成为春意烂漫里，独特的风景。在这姹紫嫣红、百花争艳的季节，安静得让人心无旁骛。

在这茶花的海洋里，群山无声，岁月静好，可以听见花开的声音。

乌蒙茶香

山间淡雾聚散，如轻风调皮地轻撩起新娘的婚纱，隐约而神秘。

一场春雨后，呼吸里都是山泉的气息。山岚由远而近，由浓渐淡。小溪潺缓，如鸟鸣空山。

极目群山，一垄垄茶树依山而绕，如一位大师用简洁的线条，寥寥数笔，勾勒出一片茶的海洋，一浪浪绿意扑面而来，将我淹没。

乌蒙深处，春阳的脚步比较慢，总怕惊扰了这大山的梦。

轻雾散去，春阳暖暖地在这些嫩绿的叶片上跳跃，泛着柔柔的光泽。

叶尖尚有露珠，刚舒展的叶片嫩得让人想亲吻。

从一片树叶到一片茶叶，它总是纤尘不染。

这乌蒙群山，就是一间偌大的茶室，用山泉泡出一壶香茗。

此刻，红尘很远。

丝丝缕缕的茶香飘荡，清新得让人心旷神怡。

宁可居无竹，不可食无茶。没有茶的生活，就如没有盐的饭菜。没有茶就仿佛少了精神。

这群山捧出的圣物，这造化成就的精灵。

一片茶叶，染亮了中国历史；一杯清茶，香醉了千年时光。

正午的阳光洒在茶山上，天很蓝，云很轻，时光正好。

把一些风尘卸下，以一杯春茶，面对这份美好。

团包村色

山名团包，四围山峦相抱。

人间四月芳菲尽，团包桃李次第开。

山下的春花已逝时，团包的桃花李花才不慌不忙地，淡淡盛开。

三千亩团包，遍植桃李；百十条沟壑，生意盎然。

春阳暖暖地，照在山间。每一片花瓣上，都泛着光芒。

丹霞岩石千奇百怪，甑子石、蘑菇石、蟾蜍石……散落在山间，默默无语。无欲无求，你来或者不来，千百年，它就这样，不曾改变。如同那些春花，不为谁而盛开，也不为谁而凋谢。

我却在这静默中，感受到一种温暖。

这是一片可以让浮华淡去，让喧嚣宁静的大山。

春花谢了，时光不老。

桃红李白，一群人，或者一个人。不是看花，是感受花瓣上泛着的暖意。

从一座山脊到另一座山脊，从一片桃花到另一片李花。

花树下，山风总带来花香，也带走一些花瓣。

可以发呆，也可以嘶吼。

远山，白云，苍狗。

群山默然，不因岁月变化；桃李不言，不与季节争春。

那些褚红的岩石上，总可以让人安静。

有一种春天，在那些花瓣上流淌。

开一朵温暖的花。

做一个温暖的人。

香炉印象

登香炉而远眺，一览众山小
攀高峰而极目，遥想香火盛

"日照香炉生紫烟，遥看瀑布挂前川，飞流直下三千尺，疑是银河落九天。"对李太白这首著名的诗歌，大家都耳熟能详。对诗歌中的香炉山，生出一种美好的憧憬。但李太白诗中紫烟缭绕的香炉山太遥远，我们就去看看身边云遮雾绕的香炉山吧。

川南高州，庆岭境内，有山状似香炉而得名香炉山。山高入云，岩石峻峭，山顶曾有古寺，晨钟暮鼓，香火鼎盛。登香炉而远眺，一览众山小；伫庙前观群山，万马朝佛来。白云悠悠，世外桃源。

出县城，翻越林密森森的观音坡，右折而行，前行数里，便可仰望巍巍香炉。那年和二位好友登攀香炉，过山腰，累极，见层层茶园中采茶姑娘玉手轻点，空气中弥散开来扑鼻之清香，神清气爽之。再鼓气，登至山顶，见三二瓦屋，问之，原来这里是古时香炉庙宇之旧址，庙宇已在民国年间毁于战火，多年前一老人来到这里，四处化缘，供奉菩萨，再聚香火，那老人白须齐胸，一袭僧衣，倒有几分仙气。此时已是午后近三时，饿极，便去庙中叨扰，旧有僧人化缘于闹市，今有俗子化缘在小庙，那狼吞虎咽的三大碗饭创下纪录，至今让我无法超越自己。

饭后，攀上峰顶，风光尽收眼底：南可远眺七宝连珠之七宝寺，西南可观朱砂似的红岩山和白玉似的白岩山，西山脚可俯视古庆符八景之一的白马眠池（白马池），东北角还时隐时现秀美的七仙湖，甚至可见宜宾之黑塔。

一晃又是多年未去，总想重温旧梦，晴朗的冬日，邀约兴趣者，再访香炉山，未及山脚已气喘吁吁，仰望香炉山，太阳正从山巅泻出绚丽的光瀑，如梦如幻。九道拐，原是山路中最艰难的一段，九曲连环，蜿蜒盘旋，青石小径，苔痕斑驳，松林间野草丛生，鸟鸣啁啾，野菊烂漫，清香扑鼻。征服九道拐，穿越松林，及至山腰，不见当年村姑身影，只见茶农辛勤劳作，正修剪茶枝，整齐的茶园，若行行憧憬的诗句，灿烂的笑容，沐浴在暖暖的阳光里。芦苇满坡，随风摇曳，想象有美女娉婷，穿行其间。有友问题，何芦何苇？笑曰：有水为芦，山间为苇？无书无据，诳言笑之。绕过山脊，忽见有垂柳依依，露出一角青瓦农舍，这即是今之香炉寺庙。庙中菩萨甚多，可见诸路仙人。虽陋而不失肃穆，虽简却甚是庄严。当年那位叫"杨和尚"的老人已不在，问之，言已另移他庙，想来胸前白须又长了不少了，只是仙风尚存乎？

有骚人题诗于庙墙"烟火连绵存圣迹，茂林深处胜蓬莱"。让我们怀想当年的香火鼎盛之景，恍惚间钟声缭绕，时光倒流。

庙后才是山顶，蔚然香炉顶峰。穿丛生野草，攀茂密竹林，上则忽然开朗，方圆百余平方米，野草茂盛，草深过人。女儿兴奋之，手舞足蹈。俯视山下，有豪气顿生，山川河流，不过一撇一捺之笔画也。有群山整齐，如操练之队行，有数十山峦，如圆点延伸，状若省略号，让人浮想联翩之。冬日雾气笼罩，远山朦胧。压草为毯，盘腿而坐，野草原是上好的软席，聊香炉之古今，谈世事之沧桑，或舞或歌，寄之山水。

去过的名山大川，总无法在记忆中沉淀，身边的点滴风景，却让我难以忘怀。可久红岩的险峻，胜天红岩的桫椤，文江白岩的满山百合，宋江河畔的僰人岩画，踏浪胡的清幽，荔枝湖的如画……其实，寻风景不必去远方，好心情全在于自己。

遭遇一场突如其来的花事

又是萧瑟寒风起，遍野衰草落叶尽。初冬的日子，我带着这样的记忆，前往高县庆岭乡参加金线岭文友联谊会。在我的记忆里，庆岭乡还停留在青瓦土墙，羊肠山路的印象。唯一让人知道这里的，是其境内一座名香炉的高山，此外，几乎无人知晓。可是，就在这里，我却遭遇了一场突如其来的花事。

庆岭，庆符以北的山岭，此名可见其地理位置。古名黄沙槽，黄沙，贫瘠的代名词，槽者，山与山之间的深沟也。这里"三山夹两槽"，两条十余里长的山谷几乎纵贯全乡，这是一个典型的纯农业乡。

翻越观音坡，就到了山谷的谷口，入谷就到了庆岭地界。入谷不远，透过车窗的眼光突然一亮，山谷里长满了各种苗木花卉，桂花、黄桷兰、紫薇、红继木、篮花楹……一片片花卉掠过眼前，天合、卉丰……一个个苗圃招牌醒目地立在路边。这还是我记忆里的庆岭吗？

带着疑问，和文友弃车步行，穿行在花木葱茏的苗圃里，穿行在开满各色野花的田坎上，和苗圃里劳动的村民聊天，我找到了答案。从2009年开始，庆岭乡立足于地理位置，扬劣势为优势，大力发展花木经济，引进了十余家花木开发商，通过土地流转等方式，发展花卉，不仅让村民们从传统的低层次耕作中转变为土地流转的收入，还可以在苗圃里提供劳务，一份土地挣了两份钱，更转变了村民的发展观念和生活观念。

连日的阴雨让田坎上有些泥泞，难得一见的冬阳撕开了笼罩在群山上的雾岚，朋友们的脸上洋溢着开心的笑容。那位蹲在花木下栽种杜鹃的村民，脸上挂满笑容，嘴里的那支旱烟上升腾起袅袅的青烟，阳光透过树叶的缝隙，像摄影师打的侧逆光定格在他的脸上。

高大挺拔的黄桷，亭亭玉立的紫薇掩映下，这是含蓄稳重的桂花，这是诗意盎然的蓝花楹，这是绽放的香港紫荆……我终于在枝头看见了真正的紫荆花，开得那么灿烂，那么骄傲……萧瑟寒风里，庆岭的沟壑山谷没有落红的凋零，没有衰草叶尽的寒意，满山的青翠，满谷的生意。

沿谷而行，且行且停，花木葱茏中我迷失在阡陌纵横的田间。"绿韵花香，生态庆岭"，这样大幅的招牌为我指示了道路，同行朋友说，庆岭以苗木花卉生态园为依托，打造十里生态长廊，实现由传统农业向乡村生态旅游观光农业转变，再过两年，这里将成为集苗木花卉种植、观光、休闲等为一体的乡村旅游生态园。

山谷的谷口就是田园风光旖旎独特的落马坝，色彩斑斓的田畴间有一个叫文武的村庄。完全是一个世外桃源，宽敞的文化广场，干净整洁的村落，幢幢楼房林立，闻声而去，悠扬舒缓的钢琴声飘出农家；逐香而行，处处门前、路旁开满鲜艳的花儿，玫瑰、杜鹃、菊花、黄金花、美人蕉……哦，远处的香炉山难道就是陶翁诗里的"南山"？虽然没有东篱，但有阳光下盛开的菊花，开得那么灿烂，白色的、红色的、金色的……

在这个初冬的日子，在庆岭的山峦间，我遭遇了一场突如其来的花事。

九道拐

山是青山，水是绿水。

一池碧波安静地卧在群山环抱里，池畔是一脉青黛的山峦。

仰望间，层层叠叠的森林从山脚向山顶延伸，延伸的还有那陡峭得让人生畏的高度。山不高，估计也就 800 多米，但是几乎垂直的山峰让我们的脚步有些迟疑。多数时间山巅藏在云雾之中，更显得其神秘和缥缈。

山巅之上有曾经著名的川南佛教圣地——四川庆符香炉山。川南民间流传"朝拜峨眉晚拜香炉"，让山巅的寺庙多了些仙气和神秘。自古寺庙多在高山之上，可能是要体现信徒们艰难跋涉，才终得拜见菩萨的心诚程度吧，香炉山也不例外。由于山势太陡，上山的小路呈"之"字形斗曲蛇形，因此这条路被当地村民形象地称为九道拐。

我很喜欢这里的环境，人烟稀少，空气清新，植被丰富，九道拐完全在森林里穿行，登高后，俯瞰群山，情不自禁就会吟诵杜甫的"一览众山小"的诗句。因为喜欢所以常来，周末也常和三五好友来爬山锻炼身体，享受"氧吧"的乐趣。

国庆节后，在宜宾工作的朋友来电，他们单位组织集体活动想寻找一处农家乐，周围环境又要比较好的，我脑海里立即浮现出三个字"香炉山"，在我的游说之下，朋友也心动了，"好吧！验证一下是否有你说的那么好玩儿。"

朋友们一行 10 多个人才到山脚下，一些女孩子仰头一看山顶，便开始惊呼："哇，这么陡峭，怎么上去啊？"朋友的同事们平日多是习惯了城市生活，有的根本就没到过乡下，才刚刚爬了三分之一，就走不动了，坚持了一会儿，有的开始耍赖，坐在地上不走了。"走不动了，我们在这里等你们回来。"我笑着告诉他们，"回来是走另一条小路，你们在这里万一迷路了，找不到回去的路，有危险哦"，男人们也在旁边起哄，被吓着的美女们只得又站起来，跟上队伍。为了缓解望山生畏的心理，我不停地给他们介绍沿途的植物，以前爬山的趣事，可是却仍止不住她们一声声几近绝望的叹息和惊叫！

九道拐位于半山腰，全是用青石板铺就的小道，道宽不足二尺，人迹罕至，石板上长满青苔，"苔痕映阶绿"，林间空气湿润，远离城市雾霾的呼吸特别地清新，不需要深呼吸就可以"洗肺"，气喘吁吁的美女们不停地询问还有多远？我也不停地鼓励，这个弯过去就快了，到了下一个弯又告诉大家马上就到了，一道拐，二道拐……我们用减法，让目标不断接近，八道拐时几乎崩溃的美女们听见我在顶上的欢呼：终于到了！只得咬咬牙拖着沉重的脚步前行。后来大家笑言：我们是被你的一个个谎言骗上山的！

香炉寺庙早已在多年前在一场火灾中被烧毁，后来一些村民集资盖了几间瓦屋，供奉几尊菩萨，又燃起了香火，除了观音会，平时几乎无人。只有一个老人孤独地守在这里，青灯冷月，寒雾深锁，场坝里堆放着收获的黄豆荚，旁边的菜地里生长着青绿的蔬菜，也许孤独惯了，老人也不问我们从何处来，独自坐在木凳上划着篾条。

站在庙前的巨石上，奔涌而来的群山，像一头头巨兽匍匐在庙前，朝拜菩萨，悬崖上盛开着大片粉红的野花，像仙女遗落的纱巾，让这冷寂的悬崖多了一些生意。

同行的美女们因为征服而很兴奋，她们惊异于自己竟然也攀登上了这么险峻的高山，一个个兴高采烈地合影，完全看不出疲惫的神色，看见她们快乐的欢呼，我不禁感慨：九道拐，它的魅力就在于攀登的过程。

倒笔悬书

混沌初开，群山生长。

有山形如香炉，天有定数，为香烟缭绕之地。

相邻有山，名曰"牛心"。不甘人后，与香炉争锋。天神震怒，挥锤打击，从此牛心山降山为坡，永守在香炉山之旁。

这是一座其貌不扬的小山，状如笔头，直指苍天。古人将其唤作"倒笔悬书"，是在书写声讨天庭的檄文？还是在书写愤懑怨怼的日记？如今的庆岭人，以旖旎的想象，用这支如椽巨笔，书写一篇改天换地的锦绣文章。

"三山两槽"，不是穷山恶水的缩影，而是上天赐予的风水宝地。

先拜峨眉山，再拜香炉山的历史不止于传说。日出之时，香炉山上云蒸霞蔚，风中隐约传来晨钟悠悠，登高远望，岁月烟尘中，群山来拜，"五虎上将"石，雄姿英发，仍在镇守西南半壁；九道拐上，犹见昔日香火鼎盛的遗迹。

山下有一湾碧水，七仙女下凡沐浴，陶醉于湖畔旖旎风光，而坐骑的白马，被群山间这一汪宁静清澈的湖水吸引，依湖而眠，忘归天庭，天明之时，石化为山，永生相伴湖水。一池碧水，至今流传"白马眠池"的优美故事。

对这池湖水慧眼独具的，还有那只自天而降的金鸡，筑巢于庙后，日日下蛋，布施人间。贪心和尚凿鸡窝，惹怒金鸡从此去。戒贪的警示竟然随手可拾，和流米寺的故事有异曲同工之妙。先有寺还是先有鸡，古籍里无迹可寻，"金鸡来仪"却口口相传，让人叹息。

池旁有溪，名曰梅桥，是曾经梅花遍溪？还是桥畔有梅姓村姑浣纱？如今已不得而知。梅桥溪畔，五尺古道从历史走进庆岭，又走过庆岭，那些南来北往的马帮早已消散在历史的烟尘里，留下被时光踩得凹凸不平的青石，早已被黄土掩埋，唯剩一阕断章，让人怀想旧时的繁华，那条蜿蜒的古道，也是一条绵延的五线谱，每一块青石，都是一枚青铜编钟，每走一步，都会踩出厚重的音符。

五尺道旁，有三眼古井，供旅人饮用。赶马人汲水的古井里，曾经照见的是满眼的疲惫，如今的清亮里，映出的是一地姹紫嫣红，海棠、菊花、三角梅……在这初冬的萧瑟里，仿佛季节错乱，枝头还残留桂花的清香，枝繁叶茂的蓝花楹让我怀想，如云似霞的唯美，春天，春天的庆岭，春天的梅桥溪，不就是一座红楼里的大观园吗？那些日出而作日落而息的农人，如今都成了花农，侍弄花草，伴花而眠。昔日古道茶香，如今四溢花香。真想，做一个花农，栖息花间。

文武荷花，田园景色醉了游人；凤凰山上，远去的凤凰正归故里；莲花峰巅，馨香的栀子花满山冈……绿韵花香，绿韵花乡。

倒笔悬书，书一篇锦绣文章。酝酿千年，饱蘸浓墨，蓝天已铺展开一张巨大的宣纸。

高州茶韵

"寻梦，撑一支长篙，向青草更青处漫溯。"

川南高州，巴蜀茶乡。层山之间，茶垄如画。碧水深处，茶香弥漫。

雨后初霁。雾岚轻锁。青山如碧。三月的清晨空气澄明，茶山滴翠。深吸一口空气，神清气爽，闭目感受自然馈赠，就让这漫天的绿色波涛把自己淹没。

姑娘们大婶儿们，在微明的晨曦里采摘茶芽，指尖轻点，如在碧绿的琴键上弹奏。这个季节，一些花儿比嫩芽来得更早，露珠晶莹里，樱花恰好，李花正艳……

一垄垄的茶行由青翠而碧绿，一座座的茶山从纤弱到丰满，乌蒙余脉的这片大山里，那些如纤纤玉指般的茶芽儿，一派勃勃生机，让我如此强烈地感受初春的盎然。

行走在茶垄间，看清风拂散云雾，看春阳融化凉意，暖暖地，高山之巅，静看乌蒙茶韵，千年悠悠。

高州自古出早茶。每年二月中旬，丝丝寒意的茶垄间，就走来一群群的采茶女，伴随春的第一枚芽儿绽放，甘醇清香的早茶就奉献在世人面前。那些茶芽儿如一粒粒绿色的音符，在茶杯里起起伏伏，如山之跫音，来自最原始的茶树间，或在轻颂《茶经》，或在闲敲棋子……

高州自古出好茶。山不在高，有茶则名。那些远古的故事，至今仍在茶马道上流传。驰名茶界的四大红茶中，川红最有魅力，这里是川红的原生地。衣袂飘飘之间，它们降落人间。红亮如酒，甘醇回香，这种时候最适合有一本老书，半阕古词，浅浅缓缓的音乐里，独享一份高贵与气质。五尺道上，驼铃悠悠，江高州好茶送入庙堂之上，百姓之家。江湖之远，茶香流连。

我喜欢在茶垄间行走的感觉，透过嫩嫩的芽儿，怀想一些坚持的故事，品读乌蒙之神秘和唯美。

这些芽儿，吸纳天地灵气，完成华丽的蜕变和转身，风过处，传承千年之茶韵。

高州遍地产茶，处处茶垄成行。任选一处山径而上，可见茶山层叠，如神来之笔，勾勒出行行诗意。沉醉在这满山的茶垄里，与茶为伍，与山结伴。呼吸湿润气息，鸟瞰尘世渺小。如能在茶垄间修葺一处茅舍，远离尘嚣，看日落日出，观云起云散，夫复何求。在这些茶芽绽放的破空声里，让时光安静地流逝，任岁月淡淡地老去。

那日，再次登山，梨花谢了，樱桃红了，油菜已结出饱满的籽实。巧遇一位茶人，捧出一壶红茶，汤色红亮，闻之醇香，轻啜一口，闭目回味，一股暖意停留在丹田之处，及至渗往全身每一处细胞，暖暖的，如这春阳。

在这乌蒙盎然的春意里，我踏遍青山，流连茶垄，读千年茶经，看满山茶韵。

寻梦高州，茶香悠悠。

一杯清茶的时光（外一篇）

　　夏日，周末。悠然的蝉鸣声声，远山如黛，近水低眉，微风掠过湖面，吹皱那袭绿袍，轻舟慢摇，白鹭浅翔，湖畔，这棵老黄桷的浓荫下，一杯清茶的时光。

　　这是七仙湖，位于川南宜宾附近的一处省级湿地公园，名曰公园，然则尚未完全开发。原生态的野趣更有味道。这里是相传七仙女下凡沐浴处，护卫七仙沐浴的百鸟，至今恋恋不舍。湖畔山峦起伏，林木森森，茶垄如诗；湖内岛岛相连，如入迷宫，风光旖旎；湖光山色，景色宜人，徜徉其间，常常迷途不知归返。上古传说尚沉迷，世外桃源已向晚，贪景流连七姑凼，湖中光阴恍千载。

　　一条游船，半日休闲。最美的不是泛舟之乐，而是秋冬季节，山雨微来，远山近水，蓑衣斗笠，渔舟轻掠，一幅醉人的水墨七仙之图。曾呼朋唤友，湖上赏景，可惜带不走那一湖风光；曾随笔涂鸦，妄图再现，惜乎文字苍白得让我惭愧。于是记忆中的七仙被定格，常喜欢去到湖畔，或踩碎一湖夕阳余晖，或看散漫天芦花曼舞……

　　在这份自然的恬淡里，最适合一杯清茶，不浓不淡，不宠不惊，看云起云散，观雨来雨去，物我两忘。闲倚竹篱，淡如野菊。那一湖涟漪，就是满山茶芽泡出的一杯清茶，袅袅的云雾，原是氤氲茶香。

　　或漫步湖畔草径，或垂钓湖心小岛，有夏蝉知了，无城市喧嚣，蝉鸣林逾静，鱼跃湖更幽。昔有太公钓鱼，志不在鱼，更有醉翁好酒，意不在酒。七仙之美，却不在山水。

一杯清茶，半日时光。红尘滚滚，都在这一湖的山水之外。

水墨七仙

雨珠，砸在湖面就像农人播种时撒下的麦粒。远方的山峦掩映在雾岚中，云遮雾绕。阴霾的天空偶尔被惊飞的白鹭掠出一丝亮色。偶尔一只渔船穿破雨幕从远方划来，然后极快地从我们身旁消失。我们的笑声一不小心就把那只墨砚打翻了，倾泻而下，把我们也定格成画中的风景。水墨七仙，就这样留在那个深秋的湖中。

暮秋的雨总是容易让人想起那些唐诗宋词，雨本无愁，易安居士也好，柳三变也罢，其实只是心绪的原因，我们居然也把《东方红》唱成了绝对的水墨七仙版的快乐。从《诗经》开始的故事，痴迷了几千年，那些跳跃的文字诱惑着他们，从蒹葭苍苍的源头乘一叶扁舟而来，穿越这水墨的七仙，成那只泊在湖中的游船。

筠州的刘先生说他分不清"芦苇"和"芭茅"，我呢总是认为芭茅与芦苇是没有区别的，区别是因为我们仅仅局限于眼球罢了。雨打的不是芭蕉而是心情，醉了的不是酒而是禅。

偶尔有风，吹皱湖面，也把雨丝吹进舱里，五千年的历史和八万里的时空就这样轻易地混沌在这水墨的时光里。

那位摇橹的船夫，他是去碾米还是捕鱼，不得而知。七仙女没有回去，只是藏在了那青黛的背后，悄看我们寻觅的眼神。

水墨的七仙不是大师遗忘的作品，而是我们留下的记忆。

散步石龙村

　　一丛紫色的花儿，在微雨迷蒙里，羞涩而野性地盛开，像山野的村姑。那星星点点的紫色，像扑闪的眼睛明亮，像樱唇般小嘴诱人。在漫天雨雾里，在绿黛青山中，我在这丛紫色的花儿前驻足感动。

　　我喜欢行走山水。以漫步的方式，细细感悟自然界的跫音，和那些湿润的空气。我一直认为没有水的山，没有灵气；没有溪的森林，没有生命。这里目光所及，不见水，应该不属于值得我流连之地，但我却常常在这里细赏四季的风景，我也很奇怪自己对这里的情有独钟。

　　这山上有水，但在地下。泉水浸出，在山顶成一汪湖，湖中青草丛生，蛙鸣阵阵，不远处有一金蟾望月的怪石，应和这湖中的蛙鸣。山脚有一眼泉，我没有找到泉眼所在，但村民用水管把泉水引导在一个水窖里，掬起一捧，甘洌清爽，沁人心脾，即使是盛夏之时，水壶上也可以立即结上一层厚厚的冷霜。

　　这山上虽然没有原始森林，但植被很好，半山以下是灌木和乔木丛生，间或有小块农人耕作的庄稼，山顶是座座茶山，垄垄茶行，如画家挥毫泼出的线条，诗意而生命勃发。一条山路蜿蜒，从山脚向山顶延伸，经过七弯八拐，到达山顶。这条山路不长，也就 2 公里左右，沿途是葳蕤的野草、藤蔓，四季蓊郁。

　　有人说：心中有风景，眼里即是风景，心中有太阳，每天都沐浴着阳光。

这条山路，位于高州之南石龙村，古时剑南十三关旁。尽管在川南，这样的景色随处可见，但我却特别喜欢在这条山路上散步。

这里即使是冬天，也是满山的绿意苍苍，偶尔有几点红叶、黄叶点缀，却让色彩更斑斓，层次更分明。除了四季皆绿，更有春的茶香，秋的果甜。行走在这样的山道，从来就不寂寞。春天的明前早茶，夏天的苹果梨子，秋天的石榴核桃，冬天的红橘甘甜，让人流连忘返。四时变化的是季节，四时不变的，是我们行走在这里的脚步。

早春的季节，云雾之上，刚刚立春，茶垄间已走来采茶的女子，轻轻采摘茶芽，如玉指轻拨琴弦，高山之上，如古琴琤琤，空谷回声，让人迷途不知归返。各色的野花烂漫，让人欣喜，如坠仙界花园。一丛萱草，静静地盛开在山顶的那片石榴树下，我突然想起"心若芷萱"的那份高洁，在这深山里，尽管"芳草鲜美，落英缤纷"，但屈子的"香草美人"之喻，让我怀想二千年，他面对现实的无奈时，那份坚持与坚守，至今让人感动。

生命有时需要一点感动，这样我们才可以发现其实每一天的草木都是新的，我们才可以对生活更多一份期待。有梦的人生才有希望，有感动的生活更多充实。

萱草可忘忧。我这样流连山川，也许，这更是一种暗喻。所以每次我来到这丛萱草前，无论盛开还是蛰伏，我都会特别地停留，确信它的存在。

夏天的时候，那几株苹梨还没熟透，就被我们以尝熟的名义采摘得所剩无几。路旁的核桃树上，那些青涩的果实，常常让我们满手的姜黄，无法掩盖采摘的事实。冬日的寒风里，满树的红橘，像一盏盏的红灯笼，最让人无法坚守道德底线的诱惑。

种类繁多的刺泡是不能不说的享受。这种味道鲜美的野果，酸酸甜甜的，非常刺激味蕾，那艳红的色彩也让人顿生怜爱之意。像苔藓一样在岩壁上爬行的那种刺泡，味道最醇正；像藤蔓一样的栽秧泡个大色鲜，味道像草莓；还有种野泡，个头有拇指大，色彩最艳，但味道较差。从春末到秋天，吃刺泡的季节最长，也最让我们时时欣喜雀跃，遥远的记忆里，和友人登山的难忘故事，几乎都与刺泡有关。

回忆之时，我的经历几乎都与山有关，也许和我从出生到现在，一直徜徉在大山的怀抱，被大山呵护的缘故吧。童年时，蹒跚学步就在山冈沙沟里生吃胡豆豌豆；少年时，每天在大山上挑粪种地，劳作奔波；青年时，喜欢爬山，和三五好友，随意寻一座大山就疯爬半天，在野草刺笼里钻来钻去，直到全身皮肤都被划伤；进入中年，我喜欢散步，一旦有空，就寻一条山路，慢慢地走下去，有所思也有所不思。其实，散步就是把一些胸中块垒，在这生命勃发的青山绿水间散去，卸下疲惫和无奈，那些卑微的山花野草，是我生命里不可或缺的常备草药，疲惫的时候，很喜欢在这样的环境里走走，把自己置身在这样空灵的环境里，心境会变得澄澈单纯。

夏日雨后，整个群山被雨雾笼罩，每一片树叶上都挂满晶莹的露珠，每一朵野花都绽放得分外的娇艳，漫步在山路上，空气凉沁，肌肤清爽，连心肺都仿佛被清洗一遍地舒适，经过树下时，偶尔几滴水珠掉在脸上，闭上眼睛，感受那份自然的馈赠，仿佛红尘都在遥远的地方，而此刻，我就是一粒尘土，一片树叶，一株野草，很多时候，我们的累与疲惫，其实是我们的心绪在作祟，放下世俗的琐碎，生命其实就是这样简单而纯粹。

晴朗的日子，登临山顶，放眼四顾，群山莽莽，心旷神怡。远方，城市在疆域不断延伸，座座高楼在托起喧嚣。我依然重复着我的生活，从乡间到城市，从高楼到山道，疲惫之时，在这被群山阻隔的山间，以散步的方式，把自己置身于这些葳蕤而宁静的草木里，简单就是快乐。

行吟山乎

龙湖品茶（外二章）

山不在高，有茶则名；水不在深，山泉最纯。

煮一壶香茗，翻一本老书。最好有雨，独坐茅亭。半池绿草，一脉青山，唯一生动的，是那只在龙湖浅翔的鸥鸟。

这是一方红尘中的净土，这是一处归隐田园的地方。

幽静的地方很多，雅致的去处更不少。但我独喜欢这里，因为它可以养心。

红尘与田园，其实很近，只隔一片茶叶的距离；喧嚣和淡泊，并不遥远，一杯清茶足可以丈量。

茶馆里的茶，多了份浮躁；客厅里的茶，少了些静心。品茶，在唇舌间流动的，是一片茶叶生长的过程，是一个生命来去的痕迹，是清晨的那滴露珠，无色无味，却是一次最完美的诠释。

这是一片净土，没有人间的喧嚣，没有红尘的烦琐。龙山本名石龙埂，隔南广河与腾龙山、二龙山守望亿万年。民间把龙作为权力与富贵的象征，其实是一种误读，中国文化里的龙，是汉民族代代相传的一种图腾，龙生水，水润土，土生万物，生命方可蓬勃和传承，我认为这才是龙文化的价值所在。

龙山有溪，名曰"龙溪"，自亿万年大山深处浸润而出，纯粹而纯净。茶圣陆羽在《茶经》论述泡茶之水"其水，山水上，江水中，井水下"。水无形，可以摧毁一切，水无味，可以洗尽铅华。龙山之泉，确可让浮躁安宁，让喧嚣安静。

茶是一种精灵，一种有生命的植物。尽管茶树总是那样四季青绿，波澜不惊，但早春的玉指纤纤，夏秋的蓬蓬勃勃，寒冬的孤傲独立，细品之下，它总要经历每一个生命都必须面对的过程。年轻时喜欢喝绿茶，喜欢那种涩涩的感觉，中年时喜欢红茶，平和而温润。

一部中国文化的历史，就是一部茶的历史。一杯香茗，滋养诗词歌赋盛世繁华，演绎朝代更迭刀光剑影。宫闱高墙，茶馆酒肆，无不闻到茶香幽幽。帝王将相，寻常百姓，案头总少不了一杯清茶，茶，已深入到中国人的血脉深处。

龙溪涓涓，而成龙湖。湖畔有亭，芦苇为屋顶，杉木为梁柱，雨中独享，看满山茶翠，听一池雨声，似平平仄仄的韵脚，痒痒地钻进心底。仿佛辛稼轩历尽半世沧桑憩息在《村居》前的心情，还是恍惚陶渊明悠然东篱下的避世？有时，需要一些栖息的茅亭，养心。

掬一捧山泉，放几枚茶叶，斟一杯清茶，品一段时光，让那些苦、涩、香、醇、甘、甜……所有的感觉，从舌尖一点点渗入，如从岩缝里渗出的山泉一般，又一点点渗入到我们的心底。

冬日黄昏，独坐茅亭，看云起云散，晚来风急，煮一壶香茗，抱一本老书，暖了满地黄叶。

一杯香茗，泡出半日湖光山色，满山茶园，养出一段清静淡泊。

龙湖听雨

听雨。枕一山青翠，看遍地绿溅。

茅亭风急，白鹭轻舞。一湾龙湖，映照唐风宋月；半池蝉鸣，静听浅吟低唱。

龙山多溪，汇百涓清冽而成龙溪；岭上有茶，采万垄碧翠梦会陆羽。

浓满山茶香，成杯中碧绿。峰峦处，浅纱微遮，茶树间，芽如翡翠。

涧幽溪无踪，隐入芦深处，泉声不见影，但闻古琴吟。

暗香浮动，栀香轻盈。

空山鸟语，心若芷萱。

一地梨花，隔断滚滚红尘，满山白云，淡出远方繁华……

茅亭半日记

一湾静水，半池白云，白鹭浅翔，向青草更深处漫溯。

蒲公英在微风中轻舞飞扬，追寻那些记忆片断。

茅亭内外，前世今生，已无迹可寻。潺缓清泉，玎玎琮琮，如轻拨琴弦，闲敲棋子，煮半日时光，成一山青翠。

水中央，憔悴如斯的蒹葭，历岁月风霜，站成一方独特的风景，与青葱水草为伍。是笑对这样惨淡的现实，还是闲看周遭的沉默。《诗经》早已布满灰尘，掸去最后的尘埃，微卷的书页已发黄。

蝉鸣的平仄声，渐行渐远，那只望月的石蟾，固执地守望。

一地阳光，以蔚蓝为背景，宁静而致远。

杯里清茶随阳光渐渐淡泊，亭外斜阳与茶垄悠悠远去。一泓清泉，从大山腹心沁出，成一脉山溪。吟风听雨，任时光老去，留一山无言，看一池岁月，静好。

记忆蕉村

因为一个叫大雪无痕的网友，因为他的那篇《顶古印象》的唯美散文，让我对蕉村产生了浓厚的兴趣，那些从记忆里走来的文字，让我想去看看他深情的家乡。

冬季的一个周日，天空有些牛毛样的雨雾，蕉村以一种唯美方式走进我的记忆。惠泽湖，这座宜宾市最大的人工湖泊，为我们展开一幅水墨中国画卷，淡淡雾岚飘散湖面，远山层叠，渔舟轻摇；座座小岛画龙点睛，星罗棋布，如鱼似豚。偶有半间古屋虚掩竹林，突现一株黄桷临湖怀旧。有幢幢新楼伫立，见炊烟袅袅闲适。竹筏上那浣衣的农妇，让我仿佛记忆一首似曾相识的经典诗歌。

大坝雄伟峡谷，深山铺展平湖；灌溉六万亩，支渠百余里，三镇两乡，从此滋润；惠泽八万人，造福千秋事。丰碑镌刻历史，记忆永铭风流。驻足湖畔，诗歌也好，散文也罢，面对记事碑上波澜壮阔的建设画卷，沧桑历史，只能用记忆代代传承。

沿蜿蜒的乡村公路，走进历史，走进那叫草莽英雄的溶洞，洞是普通的溶洞，有美丽的钟乳石、有神秘的地下河，自然造化，迂回曲折。

让我们感兴趣的是洞内那些神秘的泥塑，中国人信奉菩萨，但这里供奉的却是一个叫罗选清的蕉村人，这些泥塑虽然粗糙，但历史却绝对不粗糙，拂开历史，触及一段百年前波澜壮阔的历史，这是蕉村留存给中国近代史的记忆。辛亥革命前夕，四川人民爆发了反对帝国主义掠夺川汉铁路主权和清王朝腐败统治的保路运动，高县蕉村人罗选清树起的义帜，就是这次保路运动中轰轰烈烈的重要组成部分，起义军攻高县、占筠连、克叙府，朝野震惊，孙中山先生高度评价："没有四川保路运动会的起义，武昌起义（辛亥革命）或者还要推迟一年半载。"翻读历史，追忆百年前的那些烽烟，岁月钩沉，感慨"这是一片盛产英雄的土地"。历史，就这样在不经意间触及我们的灵魂。

　　蕉村的秀美山川，近代史上和中国的革命紧密相连，这片红色的土地上，不仅有高县最早的工人运动遗址——碗厂坡，还诞生过无数的英雄人物。高县第一个中共党员邹必诚，就出生在青云山脚的这个小村子。在邹必诚故居的废墟上，我们凭吊英雄，他短暂的生命书写了最风流的人生，作为高县第一高等小学校长、高县教育局长，他舍弃官职，投身革命，在高县传播革命火种，推动工人运动、农民运动的开展，担任四川省委秘书长，组织川东农民暴动……叛徒出卖，捐躯革命，三十九岁的生命成为蕉村人民永远的骄傲。

　　漫步古老的街道，仿佛看见金戈铁马的岁月烽烟，在那些老屋里，在沧桑的城楼上，历史的蕉村，就这样在悄无声息中把红色的历史根植在我们的记忆里。

　　蕉村，不仅是历史，更是现实。现实的蕉村，又向我们展示她绰约的风采，诱惑我们的目光。唯美的顶古山脉，丰富的矿业资源，飘香的青云茶叶，神奇的豆腐石头……

　　记忆蕉村，记忆这片美丽而神秘的土地。

印象青云

车离开 206 省道，便进入青翠之间，一波碧水让大山也婉约起来，蕉村的水，就这样轻轻地，不经意间，让再硬朗的汉子也柔情了。水波漾动，远方青葱的山岭牵扯我的目光，以及那个耿耿于怀的梦。

每提及蕉村，必牵动我"上青云，登顶古山"的欲望，却一直未能成行，今日终于了此夙愿。

青云，青黛的云，飘在天上，绕在山巅，村名青云，恰如其名；那山便是顶古山，位于青云村，虽然海拔只有 1186.3 米，但是和周围的山峦相比，却有鹤立鸡群之感。此山位于川滇交界处，也是川南高县、珙县、筠连县三县的界山。因中峰顶平，突起如鼓，得名顶古（鼓）山。因其高峻，旧时村民皆以山顶天色来预报气象，指导农事，因此神秘。传说山顶是一面大鼓，一旦鼓响，即是老天爷的预报，必有祸事降临。千百年来，顶古山，就这样神秘而神奇地，存在于川南人的传说里。

要上顶古山，必经青云村，于是我们过惠泽湖，钻草莽洞，登凌云关，瞻必诚亭……一路直上青云，直奔顶古山而去。

青云半山处，停车俯瞰蕉村坝子，群山怀抱的盆地里，一片繁华兴盛，朋友遥指坝子边沿，建设中连接川滇两省的宜昭高速即将通过并设站点，南来北往的交通将为蕉村带来新的发展机遇。冬日里稀罕的阳光，正暖暖地洒在群山上，洒在这片古移甫（明代羁縻高州移甫县）旧地……

蜿蜒的公路在青碧的山间绕行，深冬的季节，即使是川南，也难觅这样的碧绿，仔细一看，原来是满山的茶园，勤劳的农人正把茶园修剪得整整齐齐，一片片，一垄垄，正午的阳光，在黛绿的茶叶片上，泛着暖意。

　　初到青云，热情的村民便端上一杯自制的青云毛峰，还未入口，便已经把我醉倒了。从茶杯里飘起的热气，带着一股山野的清香，从鼻尖到心里，再到脑海里，我仿佛看到了满山青翠的茶园，和那绽放的芽儿，绿的诱人，碧的撩人。

　　茶园旁有一块巨大的青石，如乡间农人制作的一磨（量词）豆腐，用刀分切成10余块方正的豆腐，当地人形象地把其称作"豆腐石"，这奇异的巨石惟妙惟肖，是大自然的鬼斧神工，也是农耕文明的反映，千百年来，在村民的口中留下许多美丽的故事。村民们便依偎着这神奇的豆腐石，在这青云缭绕的山间，栽茶种豆，劳作之余，泡一壶绿茶，煮一锅豆花，远离喧嚣，怡然自得。

　　当20世纪60年代，一群城里人被撵到这青云山间时，这世外桃源的安谧被打破了，顶古山下，依山建起几栋茅屋，一些党政干部、知识分子被发配到这里，接受贫下中农再教育，和农人一样日出而作，日落而息。岁月流逝，当年的"五七干校"如今只有一栋濒临垮塌的老屋摇摇欲坠，曾经的旧址上，青葱的蔬菜、麦苗儿生机勃勃。此时，暖暖的冬阳，正从顶古山上照耀下来。

　　顶古山的主峰太高，需要仰视，才可以得见。得知我们要攀登顶古山，村民给我们每人送来一截竹竿，拄地的一头被削尖，我们不得其意，村民说："带上吧，有用"。当我们沿着在茅草中辟出的采茶小道向山上攀登的时候，才知道这竹竿的用处，陡峭的山路上，这竹竿不仅可以防滑，还可以帮助我们借力前行，这时，心里涌起对细心而热情的村民的感激之情。

　　穿越茶园，进入荫翳蔽日的森林，遍地的蕨类几乎把山路掩映，从岩石缝里浸出的山泉，把小路弄得很湿滑，偶尔有阳光从树隙里漏下来，像舞台上的聚光灯，把那些青绿的苔藓，烘托出一份宁静而诗意。深冬的季节，有的树木依旧苍翠，有的却已是落木萧萧，整片森林如一幅油画，有些苍茫，有些怀旧。而我们，就是油画里的一棵树，或者一株蕨草，仿佛初初相遇，又仿佛一直就在这里。

顶古主峰，有100多米高，突兀耸立，要登顶就得攀登"百步梯"。三县交界的界碑就在"百步梯"下，一步跨三县的兴奋，让朋友们扫去1个多小时的攀登辛劳，但是仰视最后的100多米主峰，许多人都望而却步，也有的朋友跃跃欲试。这100多米"石梯"是在峭壁上凿出的一些石阶，有些石阶之间的距离近1米，需要手脚并用且借助旁边的树枝才能攀登上去，由于无人通行，石阶上长满了青苔，每一步都小心翼翼，攀登时不能往上望，更不敢往下望，只能盯住眼前的石阶往上爬，确实是爬行的方式才能前进。很快，汗水就从额头流下来，模糊了眼睛，这时可不敢大意，也不能放手去拭擦，只能用手臂上的衣服去抹一抹汗水，内衣已经完全湿透了，自己也分不清，这汗水是累出来的，还是吓出来的……不知道过了多久，突然眼前没有了石阶，抬起身子一看，原来是到顶了，山顶是一个平整的坝子，可以看出曾经有过寺庙的痕迹，偶尔能看到一些残败的菩萨雕塑部分，从上面精细的花纹可以想象当年这些雕刻技艺之精湛，并想象在这云雾缭绕的山巅之上，古树参天的琉璃飞檐间，传出的木鱼声声……

近年来，一些善男信女在寺庙原址上搭建了一个简易的棚子，塑起几个粗糙的泥塑菩萨，每当观音会时，有上千人攀上顶峰朝拜，棚子里那些堆积的香灰可以想象出其时的热闹景象。

林密太深，看不到山下，也望不见远山。树梢之上，天蓝云白，沐浴着柔和而温暖的冬阳，多年来一直希望登上顶古山的梦终于圆了。

回程的路上，车子在乡村公路上盘旋，满山的茶园绿意苍苍，夕阳正挂在远方山巅之上，透过一片树林望出去，特别地圆，特别地红，顶古落日的余晖定格在记忆里，成为一幅唯美而生动的图画。

乡情羊田

　　驿道悠悠，用羊鞭吆喝着羊群去贩卖的商贩们翻山越岭走到这里，天已渐晚，于是停留下来，把羊子圈到旁边的一块田里，去村民家借宿，洗一个热水澡，喝上一口暖和的烧酒，好好睡上一觉，卸下一天的疲惫，第二天清晨，或和四川云南来的商贩们在这里交易，或吆喝着羊群继续上路……时光荏苒，南来北往的川滇商贩，都习惯在这个川滇交界处的小村庄里停留休憩，应运而生的旅店、餐馆多了起来，就形成了集镇，被客商们称作"羊子田"，久而久之，为了顺口，"羊田"因而得名。

　　这个古老的故事，让这里充满了浓浓的乡土特色，村民的淳朴让外乡人更感受到一种乡情的弥漫。穿越时光沧桑，这里已成为川滇交界处一个繁华的集镇。这里有高县第一高峰——一把伞，站在山顶，从四川的高县迈出步子，左脚是云南的盐津县、右脚是四川的筠连县，所以，自古被称为一脚跨越两省三县，三县的土地犬牙交错，稍不注意，就出省了。云南的庄稼伸进了四川的地界，高县的竹林长进了筠连的地盘，凡此种种，随处可见。

　　一个半小时的艰难跋涉，穿越森林和茶园，踩着山路上厚厚的腐殖层，一路的茶花、芦苇，或有一片开满黄色烂漫的花树出现在身旁，或有清冽山泉让人陶醉不忍离开，浑然不觉登山之累。登高而望远，天高云淡，俯视群山沟壑，心旷神怡，置身天地之间，物我两忘。城市的喧嚣是另一个世界的传说。茂盛的芦苇、废弃的菜园，自由地呼吸着自然的雨露，悠然地生活着，来了去了的我们，似乎与它毫不相干。

在距山顶不远处有一户姓邓的农家，可以称为高县住得最高的人家了。半截土墙、一间老屋，门前的菜地茂盛地长满各种蔬菜，屋檐下堆满柴草，淳朴的邓姓大哥为我们端来一壶凉茶、大碗土酒，他已88岁高龄的老母亲也从老屋出来，倚门而谈，和我们唠嗑家常，完全没有陌生的感觉，仿佛那就是我家奶奶，此时有一种叫乡情的情愫在我们的心底弥漫，让我们感动，那种久违了的，叫淳朴的感情，或许只在乡间可以觅到。乡土这词无法表达我的感情，或许叫乡情更恰当。

乡土，在羊田随处可见，不是因为它在山区的缘故，而是这里的原生态粉条和茶叶。我们慕名参观了这些标志性的乡土产品。村民们将自家田地里盛产的生态、天然优质红薯，淘洗干净，粉碎、过滤、沉淀、晾晒，用传统工艺做成苕粉，然后用苕粉加水混合搅拌糅合后，放在漏瓢里，以手击打，苕浆漏下在开水里就凝固成了粉条。晾晒、撕开、捆扎，然后运去集镇上出售，纯手工的原生态粉条，成了当地村民主要的经济来源，由于羊田村民们所产的粉条质量好，声名远播，竟然成了一个品牌，在川滇两地，羊田粉条甚至是优质原生态粉条的代名词了，也成了当地的一个支柱产业。粉条制作工艺并不很复杂，在川南，很多农村也在做粉条，但怎么也无法取代羊田粉条的知名度，见我对此疑惑，同行的朋友告诉我，很多地方在制作粉条时，为了减少成本，提高外观的色泽，一些昧心人在粉条中添加各种添加剂，因此，让人恐慌，但羊田粉条因其质量优质，村民们坚持不掺假，做良心粉条而让市场放心，所以赢得了市场的良好口碑。这位朋友还告诉我，做粉条这一工艺，是祖先代代口口相传下来的手艺，同时传下来的还有一个规矩，出粉条的时候必须要选择日子，敬奉先人。今天，虽然敬奉这样的仪式没有了，但选择日子的习惯至今相承。这再次让我想起一把伞山顶那户邓姓人家，还有山顶的那丛芦苇、那些茶叶……

羊田还有一样非常乡土的产品——华丰茶叶。由于这里的茶叶萌芽早，无污染，质量好，长期以来成为江浙名茶的主要原料供应基地，也许您在品茗那些世界闻名的名贵茶叶时，不曾想到，那些美丽香醇的茶芽儿是来自这片川南的山中。华丰村这个以茶而名的村子，几乎家家种茶，因茶而名、因茶受益。尝到甜头的村民们创办了茶叶专业合作社，有川南最大的茶苗苗圃，茶苗储存量上亿株，年成交量在 5000 万株以上，还开办了川南首家茶苗交易市场，领跑川南茶苗交易地位，他们雄心勃勃：宜宾已在全国叫响了中国早茶之乡的品牌，那么我们华丰要成为中国早茶第一村。确实不是虚妄之言，我们在农历腊月初来到这里时，那些郁郁葱葱的茶树上就已萌发出了许多嫩绿的芽儿。

守护这方土地的，不是现代的喧嚣，而是那些与现代气息渐行渐远的叫淳朴的乡情啊。乡情羊田、淳朴羊田，回首这片青山绿水的土地，我们深深地为这片土地祝福，也祝福这里的村民。

一把伞

　　川南高州，县境为汉南广县地，自唐以后，均因山川险峻而以"高"字命名。那么，高州最高处在哪里？查阅史料，得知为县南海拔 1252.1 米的"一把伞"，位于羊田乡境内。县志记载，二战时期盟军的一架战机执行任务途中因浓雾撞在"一把伞"上，美国飞行员跳伞被当地百姓所救，后送往省府，当地政府受到省府嘉奖。一把伞，山之险峻，可见一斑，让人神往。

　　几年前，和一批朋友相约去攀登"一把伞"，那是一个初冬的季节，由于山路泥泞，从羊田乡街道出来不远，送我们的面包车就再也无法前行，只好弃车而行。当一行人走了近两个小时后再也无路，从茅草和茶垄间寻路而行，又经过一个多小时，终于到得顶峰时，终于领略了那"一脚跨二省，鸟鸣传三县"的气势，可惜浓雾弥漫，无法远眺，朋友们的头上一会儿就结满白霜，热气腾腾。向导说，再过些日子，这里会积上厚厚的雪，那景色，才美。

　　一晃就是几年过去了。夏初的周末，和朋友说起"一把伞"，相约再去。当年的泥泞土路已经变成了水泥路，沿途风光旖旎，雨后初晴，远山近岭，蓝天白云，路边苹果、李子挂满枝头，车内的我们觉得坐车是一种错过，于是将车停在路边，徒步前行。

　　行走在水泥村道上，微风拂过，淡淡的草木清香，浓浓的乡土气息，采茶的农人正在茶垄间熟练地采摘茶芽，路旁各色野花烂漫，黄色、紫色、白色……引来群群彩蝶翩跹。初夏的阳光开始还暖暖的，渐渐开始火辣起来……越接近山顶，人烟也越来越稀少，很远也看不到一户人家。

森林开始茂密起来，几乎在林间穿行，凉风习习，让人惬意，一扫炎热和疲劳，大家精神又振作起来。这时，看见一户破败的瓦屋，石墙倾圮，一对母女在屋前采摘茶叶，这里就是高县住得最高的人家。老人家已经92岁了，精神还很好，和我几年前来时一样，只是由于年轻时右眼外伤，视力不太好。老人的女儿告诉我们，她结婚在邻县的筠连县，偶尔过来看看老人，帮助做点农活儿。家里兄弟和侄儿都外出打工去了，只剩下老人一个人在山上生活。老人得知我们是来爬山的，很热情，摸索着从茶园里出来，带我们去家里喝茶。我告诉朋友，几年前我来时，老人家里的水很甜很凉，水质特别好，大家都嚷着不喝茶要喝水，用水瓢舀起半瓢水，咕嘟咕嘟喝下去，浑身通泰舒适，啧啧称赞：真甜！大家争抢着水瓢，让老人在旁边呵呵直笑，"慢慢喝，慢慢喝"！

喝完水，在堂屋门口和老人拉家常，老人的头发还没有完全白，脸上几乎没有什么老人斑，看不出已是九十高龄的老人。我们都说这山上没有污染，空气、水质这么好，所以老人身体才这么硬朗和健康。朋友笑言：不如在这里住下来，和老人做伴，每天享受这世外桃源般的日子，做高县第一人家。

告别老人，继续攀登最后一段山路，屋后有一眼清泉，老人家里的水就是用水管从这里引到家里的，看那清冽冽的泉水我们实在忍不住诱惑，又趴在泉眼旁痛痛快快地豪饮了一场，还用泉水洗脸，老婆说："比在美容院里脸部补水还舒服"，大家哄然大笑。

山路开始变得陡峭起来，坡度几乎有60度了，走起来更加艰难，路的旁边有一条水沟，沟旁就是云南盐津的地界，我们一只脚跨过去，体会了左脚是四川，右脚是云南的感觉，一步跨两省，过了一把瘾。云南的地界上是刚开垦过的山坡，栽上了大片大片的桂花树。

前面的路更加艰难，大家都累得气喘吁吁的，在快要精疲力竭的时候，终于登上了山顶，最后登顶的那 100 米几乎是笔直的，必须弯下腰才能前行，每挪动一步都异常艰难，这时在前面的朋友已经在山顶大喊："哦呵呵——，一把伞我们来了！"

山顶有一块平地，大约 30 平方米，站在这里，可以 360 度环视群山。天气特别地晴好，蓝天白云下，心旷神怡，视线开阔，四周群山莽莽，脚下是陡峭的悬崖。在这里，一边是四川筠连县境，一边是云南盐津地界，身后是四川的高县。我们真切地领略了登顶的豪气和险峻，也实实在在地感受到"一泡尿屙遍二省三县"的不是一句笑谈。"会当凌绝顶，一览众山小"，不过如此。此刻，我们的脚下就是高县最高的山峰。

朋友问：为什么这里叫"一把伞"？是山像一把伞？还是树像一把伞？可是，无论是山还是树，都找不到"伞"的痕迹，百思不得其解。同行的村民告诉我们一个美丽的传说，"一把伞"下是古代连接川滇的驿道，曾经有一个官员被贬至云南做县令，带了一个书童走到"一把伞"下时，又累又渴，于是在路边歇歇，将油纸伞收好靠在山脚，将手中的纸扇放在地上，后来，村民们将放伞的山叫做"一把伞"，放扇子的那块地叫"扇子田"，至今地名依旧，而岁月已千载。

山顶没有森林，只有两棵很小的油桐树，大约 3 米多高。其余都是丛生的茅草和野藤。突然在野藤里露出几点诱人的红来，"刺莓"，大家都不约而同惊喜地尖叫起来，在"一把伞"山顶上，居然能吃到刺莓，几乎是不敢想象的事。不顾刺莓藤上的刺扎人，我们纷纷钻进草丛，采摘刺莓，一颗颗的刺莓，完全熟透，味道特别地纯正，甜甜的，略带微酸，像草莓，朋友说：草莓也不过如此。这时大家才发现，手中的刺莓无论是外形还是味道都像及草莓，只不过草莓个头大点而已。咦，莫非草莓就是良种的刺莓吧？这一说，大家都笑疼了肚子，纷纷赞成这一"发现"，没想到我们今天在"一把伞"山顶居然收获这么重大的"科研成果"。

山不在高，有"莓"则灵，水不在深，甘甜则行。"一把伞"的水、"一把伞"的"草莓"，还有高县住得最高的人——那个 92 岁的老人，这就是"一把伞"给我们的最大收获。

生态胜天

走进胜天，走进桫椤，走进不一样的感觉。

六月的日子，我们继续"走进镇乡系列活动"之行。是古桫椤的神秘，还是流米李的诱惑，我们不知道，清晨的庆符桥头，在那面飘动的黄丝带旗帜下，聚集了一大群网友。和往常的活动不一样，胜天古镇那古色古香的老街留不住我们匆匆的脚步，跑马观花，我们便向古桫椤海冲去。所谓冲去，就连平时难得一见的沿途那独特的红土红石红山，那美丽的野花，丰沛的植被都似乎都不能吸引我们的脚步。桫椤，桫椤……

桫椤海，我们来了。

一株，两株，一片，一大片……像撑开的一把大伞，悄然留守在崖边，沟底……桫椤，这就是桫椤！无数的大伞便撑起了一座桫椤的世界，伞下留守的是恐龙时代的岁月，恐龙已不再回来，只有这些桫椤可以重现昔日恐龙时代的场景，带我们走进远古。穿行在桫椤树下，人们戏语，不小心可能就发现了一只恐龙。

在这里，没有"植被保护"这个词，因为，这里除了绿色还是绿色，除了原始还是原始，找不到破坏的痕迹，自然就没有"保护"的概念了。土壤永远都是湿润的，空气永远是那么清新，每一次呼吸，从鼻子到心肺都彻底地舒服，用天然氧吧来形容还犹嫌不足。

一片桫椤出现在一丛楠竹林旁，这片桫椤特别的高大，有四五米高，

卷二 乡情如歌

而且枝型美丽，我的理智实在忍不住那份诱惑，攀住岩壁上的野草，滑到沟底，准备去拍摄这些桫椤，丛生的荆棘和树枝划伤了皮肤，但没觉得疼痛，眼中只有桫椤那舒展的美丽枝叶。或蹲或躺终于照了好几幅满意的照片，这时衣服裤子已全部被露水湿透，正准备从沟底返回上面小路时，不经意的一转身，一朵黄色的花儿进入我的眼中，揉揉眼，没错：竹荪！野生竹荪！我禁不住大叫起来。确实是一朵竹荪！听见我的惊呼，还没人相信，我小心翼翼地将竹荪采下来，捧在手中时，上面山路上的人们纷纷滑下沟底，开始寻找竹荪，"肯定还有，希望我也能发现一朵"，"这里有"，"我这也有"，欢乐的笑声在山谷里回荡。

向导为我们选择的是道路比较好走的桫椤海一景区，在桫椤丛生的山谷里绕行，穿行在密密丛生的桫椤海里，我们从来没有这样亲近过桫椤，矮的有一米多，高的有5米以上，树冠有二三米甚至4米多宽，桫椤可以算群居植物了，几乎是丛生的，我终于明白为什么用海来形容，确实，我们置身在桫椤林，有一种大海的感觉，那绿色的波涛载着我们在浪涛上起伏。

间或一片片楠竹高大挺拔，一棵棵古树遮天蔽日，山崖上铺满像绸缎一样的蕨草（脚鸡草），长达数米，我们笑言，这蕨草是桫椤的堂兄弟，挺拔为桫椤，匍匐为蕨草。绿色世界，桫椤王国，绝无虚言。一眼山泉出现在小路旁，我趴下去大大地喝了几口，这正宗的山泉竹根水，沁人心脾，胜过任何矿泉水。

一片片的桫椤兴奋得让我们不停欢呼、观察、拍照，十来部相机从此没有停歇过，直到许多人纷纷遗憾地惊呼："没电了，没电了。"

时间关系，我们仅到达桫椤海一景区，桫椤更集中的二、三景区，我们是无法去了，据说要三天时间才能走完。但是管中窥豹，我们已充分感受到了桫椤海的神秘和美丽。

中午一时，饥肠辘辘的我们依依不舍地下山，在苦竹林农家乐饱餐了一顿农家风味的午餐。刚刚餐后，丢下饭碗，人们又像饿猴一样扑向屋后那大片的李子林，像麦穗一样密密的李子可以让任何矜持的人原形毕露。

用不着削皮，用不着清洗，攀住枝条，摘下来就放进嘴里，还不住称赞，"安逸，安逸"。

直到再也吃不下了，我们又开始上山，在流米小学处分路，沿蜿蜒的水泥路而上，直上山顶的流米寺，高大的殿宇，仰视的菩萨，旺盛的香火，"哆哆哆哆"的木鱼声，膜拜的人们在这里寻找心灵的寄托或皈依，更多的人或许是带了更多的世俗的欲望而来。寺因洞而名，洞则因一则故事而让人深思。寺后有一山洞名曰"流米洞"，传说，这洞中每日流米不止，但僧多则多流，僧少则少流，刚好够膳食需要，不多不少。后一贪心和尚，将洞口凿大，意图获得更多的流米，但从此洞中流米不再。戒"贪"，滚滚红尘，又有多少人能做到？而我们，往往被自己的心所困。

下得山来，在半山处，我们参观了那漫山遍野的李子园，同行的流米村支书告诉我们："一座寺庙、一颗李子、一根竹笋，便富了一个流米村。"耳听为虚，眼见为实。该村近期又大力发展了数百亩李子，让流米村成为真正的李子村。观李花，品李子，农民致富其实不需远走天涯，思路决定出路。穿行在李子树下，一颗颗的李子就在你的额头撩起你的食欲，随手拈来的不是李子，而是一个个美丽的遐想。李子林边推土机推出一个大坝子，据说再有十多天，胜天镇将在这里举办"品李节"，唱响"李"乡曲，大打"李子"牌。

久闻大宝寺，下得山来，又匆匆赶往大宝寺，位于一片田野上的这座寺庙建于明代，多次被毁，二十多年前在一位潜心佛法的老尼的坚持和努力下，才渐渐恢复了今天的模样，坚持是多么的不容易啊。大殿里千手观音的佛像前，人们驻足观看良久，千手观音千只眼，大千万象，任何心事都逃不脱佛的眼睛。心静，有几人能做到？四大皆空，其实，有时我们换个角度看佛法，不都是消极，佛家偈语真的充满了哲理，只是高深的哲理往往被蒙上灰尘的眼睛简单地玷污了。佛前那只被药水浸泡的千年龟寓意所在就在这里：千年又如何，功名又如何，一切都是灰飞烟灭的往事罢了。

只是那清灯孤影里，悠扬的钟声是否会让寺外红尘里的人们不再那么

卷二 乡情如歌

· 115 ·

狂热，其实，有时累了，倦了，在这里小憩一下，不失为一种生活方式，我们可以静静思考，也可以什么都不想，就这样让心静静地休息。

胜天，高县一个普通的镇乡，但却给予了我们太多的思考。同行者不经意的一句话让我们豁然开朗：生活真不是缺少美，而是缺少发现美。是的，虽然是山区，但不是没有发展的资源，很多时候我们只是没有充分发掘和把握。思路决定出路，我还是想起这句话。胜天镇，流米村，确实给了我们很多启发。

文化罗场

    岁末，跟随"走进镇乡公益活动"来到罗场，用我们的眼睛去观察，用我们的心去感受，用我们的镜头去记录，拂开历史的尘埃，还原一个文化的古镇。

    穿过古老的街巷，走过岁月的青石板，在灰色的青瓦间，在红色的岩壁上，在故居的笔砚里……我们走进罗场、走进这古老的小镇，在细雨飘飞的寻觅里，感受历史的沧桑，在深厚的文化底蕴里，感受着古老的罗场。

    在阴家榜那古朴的清朝建筑里，我们沿着阳翰笙故居的青石小径，在古老的木格窗和青花笔砚里，感受着一代大师翰老的革命历程，作为抗战时期周公（周恩来）左膀右臂之一的翰老，为革命文化事业立下了不朽的功勋，长期协助周总理开展对文化界的领导，同时著作等身，创作了《草莽英雄》等一大批的小说、剧本等。这里便是翰老故居，他出生成长的地方。少年时求学离家革命，直到八十多岁时才归家探望，一句"归来年已逾八旬"（翰老《探望故园》诗句）让我们感慨万千。

    在古老的街巷里，文化的符号处处可寻，在大量的明清建筑青瓦木壁上，在高大完整的禹王宫前，在高耸的白塔下……厚重的文化底蕴让我们感觉老去的是岁月，无法老去的是文化。

    沿宋江河有一条"碧玉长廊"，这里是僰人文化遗址，也是罗场最有价值的文化标志之一。过罗场大桥左折而行，就看到一口古井——德安井，曾经是附近居民的生活饮用水的源泉，已经深深凹下去的青石上可以看见当年挑水时的热闹景象。时过境迁，这已是一种历史的怀念。

溯流而行，一条千余米长的红色岩壁就掩映在蓊郁的林木间，一条蛇形小径依山蜿蜒而成，或躬身而行，或侧身而过。突然岩壁上出现许多悬棺遗迹，悬棺早已散失，只留下大量的悬棺穴和木桩孔，这些悬棺有打桩放置和挖穴放置两种，穴式的墓门上那些精美的石雕图案至今让人赞叹不已。过八仙池、唤子岩、回音谷、虾蟆望江……一只栩栩如生的岩画奔鹿出现在石壁上，从那惊慌的神色，迅疾的奔跑，可以知道后面有猎人在追逐。数百上千年前的石刻竟然精美到如此程度，让人惊叹。兴起的我们不顾泥泞，或蹲在地上一寸一寸地寻觅崖壁上的痕迹，或趴在岩石上拨开厚厚的苔藓，发出大声惊喜的呼叫……

前面就是僰人岩画集中的地方，这短短千余米的岩壁上竟集中保存了大量精美而完整的岩画，全面地反映了僰人的生活、狩猎、战争、欢庆场景，还有很多的僰人文字和图腾，由此可知僰人是一个以农耕、渔猎为主的勤劳民族。特别值得一提的是舞蹈的场景，一男性在击鼓，女性在旁边舞蹈，手中还有拍打的乐器；最完整的图案是数人狩猎的场景，两名猎人抬着一头捕获的梅花鹿，其他的猎人还在追逐，大群的梅花鹿惊慌逃生，甚至回头张望，惊恐之色逼真形象，还有几只猎狗在帮主人追赶鹿群……还有渔民撑船在宋江河上捕鱼的画面，还有一场激烈的战斗场景等等。一副猎人拉弓射雕的情景让我联想，能"弯弓射大雕"的何止蒙古民族？谁说僰人无文字，那些清晰的文字图案是最好的辩驳。"二龙戏珠"竟然也出现在这里，倒是让人惊奇，这是明显的汉人文化怎么也出现在僰人岩画里？

一个已经消亡的民族就在这些图案里复活了，能够消灭的是肉体，无法消亡的是文化，也许当初僰人刻下这些岩画只是随意地反映自己的一些心情符号，不经意间却成了一个勤劳、智慧民族的最后见证，千米画廊，成为僰民族最完整的博物馆。

细密的雨淋湿了我们的衣服，天色已暗，岩画已模糊，一步一回头，我们感谢这些茂密的林木，如果不是这些林木遮蔽，可能这些岩画早已剥蚀了。然而我还是坚信，岩画可以模糊，历史却是无法消灭的，只能越来越清晰和客观。

　　回家的时候，穿越那条古老的小街来到公路边等车，仿佛从历史的隧道里穿越一样，一个下午，我们只能跑马观花，但是厚重的历史感让我们深深叹服，古镇罗场，名不虚传。

仰望天空

——瞻仰李硕勋汉白玉雕像

仰望天空，有一群白鸽飞过，橄榄枝已根植于这片土地，祝福的白鸽歌颂和平。

仰望天空，你以一种出征前的冷峻筹划远方的长路，峥嵘岁月被时光老人定格成一份教材，时时敲痛我们的神经。

太阳给予你最初的光辉，义勇军进行曲在每一个黎明拂去你昨日的硝烟，永远以一份从容坚定你最初的信仰，纪念碑的高度和光明一同上升。枪声已随南海涛声飘散，镣铐权做最悦耳的弦乐，海口的那片黄土呵，你用最虔诚的姿势亲吻，和川南那片沙砾土一样亲切。

仰望天空，洁白的云絮站成史诗，参差环绕你的左右。顺江而下，澎湃一个川南汉子的热血，投身学运，从军北伐；义起南昌，转战赣粤，战功赫赫；坚持白区，从事军运，辗转苏沪；创建红军，彪炳史册；从容就义，视死如归，一片丹心照汗青；二八青春，功勋卓著，血沃南国耀千载。

仰望天空，那墨迹未干的九行遗书，在泪光中折射青史。赤胆昭日月，忠心鉴苍天。符黑水畔，少年足迹犹可寻；黄浦江边，勃发英姿励后人。庆符给予你一脉澎湃热血，海口铸就你一身铮铮铁骨。

高高地昂起，你太阳般不屈的头颅，深深地注视，这片古老的土地，青春的步履书写自己辉煌的历史，五星红旗的经纬中有你濡染的鲜血，石门兰千载馨香你的憧憬，西江畔鹭鸶舞蹈你的梦想，红岩山的杜鹃告诉你故乡的今昔变迁，多少不眠的夜呵，你曾为这片土地勾勒宏伟蓝图，你坚毅的目光，曾为这片土地注入多少奋进动力。

仰望天空，你的嘴角漾着微笑，嫣红的杜鹃丛中，你的欣慰隐在那片红潮里，你刚毅的脸上，闪烁一种期待与自信。

仰望天空，以汉白玉重塑你的身躯，符黑水作你的脉搏，太阳是你永动的心脏啊，时光只能磨去你的肉体，历史却辉煌你的英灵。

仰望天空，仰望天空，我们在你的目光中看见了一片绚烂的朝霞。

一树繁花

晨风暮雨，每一朵花儿都有自己的舞台，或在都市，或在村野，只在适合它的地方生长，或轰轰烈烈，或平平淡淡，每一种选择都无可厚非，每一种梦想都需要坚持，不迷失，不彷徨，经年之后，初初的梦想还有多少痕迹尚在？花谢之后，曾经的繁华是否依旧？

一树繁花

　　几日未上楼顶，那天早上起床得早些，上楼顶去看看，刚上楼顶，扑面而来一片雪白，原来是去年栽下的那株救军粮开花了，整个枝头看不见一片叶，密密麻麻的小白花儿开满了每一条枝丫，已经无法分辨一朵朵或一簇簇，而是已经融为一个整体，那就是昨夜路过的一片云，累了栖息在枝头，热烈却并不喧嚣，宁静而不失生意，一派生机勃勃，生意盎然的景象，让人顿时神清气爽，心情开朗。

　　我家的楼顶花园里，没有一株名贵花木，都是些别人不屑的野花。

　　野树野草，救军粮、苦楝树、三叶草、紫堇花、铜钱草、金银花……还有很多是叫不上名儿的，都是最烂贱的植物。

　　平日工作压力大，身体不太好，于是养成了散步爬山的习惯，周末基本上在山上，无须特别的地点，只要有山即可，让自己融入大自然里，在大自然的草木枯荣里感悟生命的过程，这时，你就会觉得，原来人就是这大自然里的一株草，一棵树，渺小而坚韧。

　　一个朋友曾形容我：周末，不在山上，就在去往山上的路上。我觉得这话很贴切。搬家时，我就告诉老婆，别去买花草，我去爬山时挖点回来就可以了。于是在爬山时，就特别留意那些野花野草，只要觉得常绿的，枝叶好看的，花儿漂亮的，就挖回来，栽种在花园里，得空时修剪修剪，没空时，一年半载不去看看，完全的野生状态。

但是一年四季，我的花园里，都是常绿的，春天的四叶草，夏初的金银花，秋天的野菊花……天气晴好时的周末，泡杯清茶，坐在花台边，让自己淹没在一片绿意里，或看看书，或嗅嗅草叶的清香，休闲而惬意。

对于我家花园的野象横生，来我家耍的一些朋友甚是不理解，为什么不栽种点名贵花木？我只是笑笑，喜欢爬山的人，园子里也得是山中的味道。人活一份心情，开心与否，与物质无关。我曾经写过一段文字，记录城市街头的某个场景：一个夕阳西下的黄昏，一个收破烂的老人，辛苦了一天，在回家的途中，买了半斤卤肉，二两白酒，然后吃力地蹬着装满破烂的三轮车，哼唱着歌谣，踏上回家的路程，脸上洋溢着一种常人无法理解的幸福。

花园里不一定非得名贵的花木，盛开就是开心的理由，自然就好，自己感觉舒坦就好。这些野花野草，让我时时感觉到一种原生的自然状态，感觉到一种轻松愉快的心情。此刻，书桌上花盆里的那株苦楝树枝繁叶茂，窗外隐约飘来金银花的清香。我的眼前仿佛看见秋天的花园里，那些素白色的救军粮花儿都变成了一粒粒鲜艳的果子，挂满枝头。

温暖的花儿

清明节，是中国文化最根深蒂固的一个日子。不忘祖先，才不忘来路，尽管记忆最多不超过三代百年，但五千年一脉相承的，更多是一种文化，一种传承。传承文化，是因为我们的中华文化，确有其极强的凝聚力。

清明节，在24个节气中，总是最让人不能释怀的日子。每一个中国人的情怀里，"清明时节雨纷纷"成为一份千古的经典意象，淡淡的忧郁是这个日子的代名词。

祭祀祖先，亲人相聚，总是在那些儿时小路，庭院老屋里寻找往事。寻找是因为往事依稀，回忆是由于昨日的温馨。只有站在今天，才可以追忆昨日。叙旧之后，又各奔东西，追寻自己的明天。

清明节这天，我安静地在家休息。一杯红茶、一本老书，淡淡地，随手翻翻《行者无疆》，那些异域的情调总是无法吸引我的兴趣。正如我总也学不会高贵和优雅一样，只是对那些山野里的野花野草有着深深的情怀。

今年的清明无雨。阳光一大早就洒满了花台，让人有点恍惚，谷雨和清明要得忘记了归途？让季节直接进入了夏天？放下书，走到阳台上。突然发现一丛粉红色的花儿盛开在花盆的边缘，那粉嘟嘟的色彩让人心生怜爱，这灿烂的花儿让人不由得欢喜起来。酢浆草花开了！

小时候总喜欢这俗称"酸米子"的野草，把它的果实摘一颗放在嘴里，酸酸的，很特别的口感，可以生津，回味无穷，赢得大多孩童的喜欢，如同春天里爬上树去摘黄桷泡一样。记忆中的酸米子，田边地角，房前屋后，到处丛生，矮矮的仿佛是匍匐在地面，基本不会孤独地存在，总是一大片一大片的，每一篇叶子都如一颗折叠的心形，三片叶对生。孩童时代，分不清三叶草和"酸米子"的区别，一直认为"酸米子"就是三叶草，传说中，如果长出四片叶的就叫四叶草，是幸运草，发现四叶草的人就会有好运。可是，幸运不是每个人都能遇到的，遥远的事情不是孩童们关心的，而"酸米子"的美味却是现实的。

在川南的田野山冈，酢浆草的花多数是粉红色，每一朵花只有指甲大小，多数有五片花瓣。像一把撑开的小伞，撑起一片阳光，又像一支唢呐，吹出各种植物萌芽的声音。这花很奇特，只要有一点水分，就会蓬蓬勃勃地生长；只有阳光灿烂的时候，它才会开出一片温暖的色彩。

向往阳光，是这花儿最大的特点。如果阴雨季节，见不到阳光，它就不会盛开。阳光灿烂的时候，一丛丛粉红的酢浆草花儿纷纷拥抱阳光，它的花茎很细小，却一定努力地直立起来，把花儿开在叶片的顶部，恣意盛开，从不隐瞒自己，在这春意盎然的季节，不和百花争艳，却有自己独特的美。每当看到这花儿，心情总是美美的，涌起一份温暖和美好。

每年的清明前后，田间山野，酢浆草蓬蓬勃勃地生长起来，只要晨曦微露，低眉的叶片就纷纷张开，等待第一缕阳光的到来。迎着阳光的温暖，一丛丛的酢浆草纷纷开出美丽的花儿。

《历书》载："时万物皆洁齐而清明，盖时当气清景明，万物皆显，因此得名。"清明是新的一年万物开始蓬勃生长的季节。清明一到，气温升高，正是春耕的大好时节。民谚曰："清明前后，种瓜点豆"，农人们种下的不仅是瓜豆，更是一年丰收的希望，一家人对美好生活的祈愿。在古代文学作品中，清明节还是踏春节，在这气象清明，万物更新的春日，把自己置身于浓浓春意里，感受春天的美好，抒发对生活的热爱。而酢浆草，恰是这个季节最温暖的颜色。

这时，我又想起三叶草的花语，一片叶代表希望，二片叶代表付出，三片叶代表爱，也许这更符合酢浆草的特点，于是我还是喜欢把酢浆草叫作三叶草。

　　感受温暖，传递美好，这也许是我喜欢它的原因。

春分寻花

春二月。这时节，桃花、李花、梨花、油菜花，各色的花儿争抢着出来，或热烈，或含羞，朵朵都似乎不甘落后，好一派春意浓浓。这正是赏花季节。

惊蛰的春雷之后，就是春分了。《春秋繁露》说："春分者，阴阳相半也，故昼夜均而寒暑平。"春分，将春天平分为二，从此春天就过了一半。乡间农人开始忙活播种了，踏青开始热闹了，天空也开始有风筝飞舞了，山冈上的野菜已经茂盛，可以采摘野菜了。

春分那天早上，我忽然想，"刺槐"应该盛开了吧。

一个人出城，往山冈上走去，去悬崖边寻找那丛"刺槐"。"刺槐"其实不叫刺槐，俗称阎王刺，乍一听这名儿，心里就莫名生出一些恐惧感来，其实它还有个非常诗意的书名——云实。确实，仲春时节，一丛丛的云实生长在悬崖边，像一片片绿色的云彩。农历二月下旬，它总是按时盛开出一串串黄色的花朵，像铃铛，艳而不妖，微风一来，轻舞着，就好似摇出一串串叮叮当当的声音，像童年的拨浪鼓。这花儿，从不一朵朵地开，一开就是一片，它的花期很短，在油菜花谢了后，清明来之前，前后只有十来天，把最美丽的风景挂在悬崖上。

这花儿，因为它全身都是刺，没有人喜欢它。我却从儿时起，就特别钟爱这些花儿。或许因为它的叶片特别像槐花的缘故，我总是喜欢把它叫作"刺槐"。

这些年，每到春天我总会抽空去探望它们。随着年龄的增长，却总是担心，自己错过了花期，去年去看时，花期已过。今年我担心又过错了，可惜却早了些，只有一串串的花蕾，那些如羽毛一样的叶片，也嫩得还没有舒展开来。光秃秃的枝条上长满了坚硬的老刺，花谢之后，它们将被美丽而浓密的枝叶所遮掩。

独坐"刺槐"树下，远远看去，雾霾里的城市在一点点膨胀，少了些儿时古镇的宁静。那条绕城而过的南广河，干涸得露出大片大片白色的河滩。

旁边的麦地边，几棵野草上钻出了小小的花蕾，"咦！鼻子眼睛花。"一想到这花儿的名字，我总是会心一笑。这花很特别，紫红色的花儿很美丽，每一根草茎都直立向上，从不旁逸横生，每一根草茎顶部都开出一朵花朵，一簇簇地盛开，内敛而含蓄，不争奇不斗艳，不招摇不喧哗，即使怒放的样儿也很文静，在渐渐饱满起来的麦地边缘，安静地站成自己的风景。最特别的是，即使秋风起，霜雪降，刮走水分，枝叶枯干，它会变成一丛干花，但花瓣不会凋零，花容不会枯萎，风采依旧……心静，则容颜不老，淡泊，则青春不老。我总会折几根回来，插在空花瓶里，做干花欣赏。

那年我带女儿到去爬山，看见秋收后的山冈上到处长满一丛丛干枯的花，女儿很喜欢，摘了些在手里捧着，睁着大眼睛问我："爸爸，这是什么花？"其实当时我也不知道这花叫什么名儿，可是女儿坚持要我告诉她答案，无奈之下，只好随口胡诌："鼻子眼睛花。"从此，这个谎言就变成了"真理"。后来我回家查资料，才知道这花叫小蓟，于是及时向女儿纠正，但是纠正无效，至今，女儿都坚持认为这花叫"鼻子眼睛花"。可见孩子从小接受的知识，影响何其深远。于是，我也和女儿一样，习惯把这花叫作"鼻子眼睛花"。每当想起它的名字时，就有一丝淡淡的温馨在心里弥漫。

穿行在山冈上，油菜花已经谢了，菜籽在渐渐饱满起来。这天晚上，春雷阵阵，春雨潇潇。"一场春雨一场暖。"我的内心却暖暖的，如这春意。

刺槐

"刺槐"其实不叫刺槐，但我喜欢这样子叫它。

每年清明时节，我总喜欢到那片山冈上去走走。那片山冈上除了生长那种叫桊子的乔木，还生长我笔下这种叫"刺槐"的灌木，它们都生长在悬崖岩壁上。

小时候，因为采摘桊子米（书名乌桕树籽）卖，可以换钱买书，于是一直对这种植物情有独钟，喜欢到深入骨子里去了。那时没有特别注意过旁边生长的刺槐，只是觉得这东西刺太多，不小心会扎人，不招人喜欢。

确实它不招人喜欢。它的名字很俗，而且它的刺让人生畏，于是民间都叫它"阎王刺"，可见一斑。它全身都是刺，短的不足半厘米，长的不超过2厘米，新枝丫上的刺很软，但到秋冬季节，它的刺变得愈加坚硬。它的生命力很强，只需要一点点的根茎，就可以蔓延开来，长满整个光秃秃的崖壁。由于不招人待见，于是农人常常砍伐它，但即使枯死后，它的枝丫和刺也不容易腐烂，种庄稼时不小心从土里刨出来，一样的鲜活坚硬，只有用火才可以消灭它，除非把整个崖壁都挖掉，否则春天来临时，它又顽强地在崖缝里绽放出一点点的新绿。

它应该属于槐科，叶片和槐叶近似，椭圆形、嫩绿的颜色，叶子像一柄芭蕉扇，但细看其实它的叶子是序状对生，数十枚小叶片组成一片大的叶片，它的颜色和形状，有一些浅浅的清新和脱俗。我喜欢把它称为"刺槐"，认为这名字更符合它。

无论气候变化，有雨或无雨，每年清明前一周，它的枝条上一定会长出一串串像音符一样的花苞，一丛丛"刺槐"就像一首首五线谱。它很淡定，清明节前，一定会守约开出一些淡黄色的花儿；它很坚韧，只有硬币大小的花儿，恣意地盛开，却丝毫没有纤柔的迹象；它不浮躁，只有用心去感受，才会发现一丝很清淡的香味，像春天的气息，这时的"刺槐"花儿像一串串铃铛，微风掠过山冈，仿佛可以听见植物拔节的声音，清脆而清新。

"刺槐"，它不婉约，也不妩媚，甚至因为它的刺而让人生厌，但我却渐渐喜欢上了这种植物。一些地方传说它有驱邪避鬼的功效，不过在我老家没这种说法，老家的土方里，治疗某些疾病时，它倒是一味不可或缺的中药。

仲春时节，百花齐放，各种色彩和香味、各种姿势和形状的花儿竞相争艳，让人眼花缭乱，但是我总是固执地认为：

春天从"刺槐"花开始。

藤鸡草

　　刚刚立春，习惯于闲暇时间四处走走的我，又来到城北的观音坡，准备在松林间走走，感受一下春天的气息。

　　山冈上，阔叶林的枝头还全是光秃秃的，只有松树等少数树木青绿依旧，四处都是萧瑟景象，树枝上新芽还未绽放，山冈上，铺满土黄的蕨鸡草枯叶和松针，偶尔一些野泡枝条上露出几朵米粒样的小花朵，感觉这是春天的脚步了。

　　突然在一片枯黄的蕨鸡草丛里，我发现一些嫩芽儿钻出来，一丛丛，像极五线谱的"小豆芽"，仿佛在拨动春天的第一声琴弦，美丽舒缓的音符在整个山冈上流淌。这些芽儿的顶部蜷缩起来，像婴儿的拳头，粉嫩粉嫩的可爱，又像是一个个的问号，直到春满山冈，他们才解开这些疑问。一直以来我都特别喜欢这些刚刚露头的嫩芽儿，行走在这草丛里时，生怕踩坏了它们稚嫩的身躯，更怕惊醒了这些纯洁得一尘不染的眸光。

　　蕨鸡草这种植物属于蕨类，蕨的种类很多，如木蕨，学名是桫椤，和恐龙同时代的植物。其余的蕨类几乎都属于草蕨类，有观赏类的凤尾蕨，可做园艺栽培，素雅清新；也有可以做菜用的"菜蕨"，其嫩芽即是著名的蕨苔，鲜美可口，在中国有数千年的食用史，《诗经·国风》中"陟彼南山，言采其蕨。未见君子，忧心惙惙（chuò）。亦既见止，亦既觏止，我心则说！"让人心向往之；"菜蕨"的根茎可以加水捣碎，通过传统的过滤、沉淀等

卷三　一树繁花

方法，加工成蕨粉，营养丰富、口味鲜美，不亚于"藕粉"；也有在中药中名贵的金狗毛蕨，其根茎俗名"金狗毛"，布满金黄色的丝绒，像金丝猴身上的毛，可以做止血的特效药。我看见的这种蕨鸡草又叫"脚鸡草""鸡爪草"，是乡民们口中的俗称，因为它的枝叶像鸡爪，一直不知道其学名，网上查找，似乎属于铁线蕨，因为其叶茎很硬，属于草蕨类，故名铁线蕨，倒也有几分道理。

蕨鸡草，在川南的任何一处山冈上，都可以随处看见这种最"烂贱"的植物。说它"烂贱"，是因为它的生命特别强，对土壤、气候、环境几乎没有选择，无论风霜雨雪、天干雨涝，只要有些许土壤的地方就可以生长，而且绝不零星存在，目光所及之处，都是一片片蕨鸡草，枝叶缠绕，彼此呵护牵连，漫无边际蓬蓬勃勃地生长。

说它"烂贱"，还因为它不能做木材，也无法做烧柴，几乎没有利用价值，但由于其生命力特别顽强，也无法根绝，其高度只有五六十厘米左右，整株呈草叶状，顶部分叉，对生叶片，叶片长度可达五六十厘米左右，呈扇叶状，其草本的性质决定了它无法作为木材，农村仅将其作为野草对待，同时也由于不"熬灶"，火一燃就化为灰烬，因此乡民都几乎不把其作为烧柴对待。

从春初到冬天来临，它都覆盖了整片整片的山冈、崖坎。因为不讨人喜欢，所以也没人关注它的存在，自生自灭，它不懂得"适者生存"的高深哲学，也不懂得"存在价值"的实用主义道理。它的盛开与衰败，似乎与世界无关，在寒意尚浓的初春，只要感受到一点点的春意，就勃发出盎然的生意。

在冬天通往春天的途中，它们是最美的舞者，似耳，聆听春天的声音；似拳，宣示每一个柔弱生命的坚韧；似音符，弹响自然乐章的第一声和弦……每一个生命都值得尊重，每一份坚持都最美丽！

这就是蕨鸡草，一种最"烂贱"的植物。

莺尾南来

一直很喜欢鸢尾花。

第一次看见鸢尾花是十七八岁时，那年去筠连山中一朋友家玩耍，某天黄昏时分，经过一条长满楠竹的山谷，夕阳西下，金色的阳光在枝叶间跳跃。竹林间开满扁竹根花，那形似百合的花朵，犹如蝴蝶蹁跹，白色的花瓣上几爪紫痕，非常漂亮，那份恬静的画面一直留在我脑海里，非常唯美。

山民告诉我们，这花叫扁竹根花，它的叶片有一指多宽的条状，像大竹叶，叶片与叶片之间呈扇形生长，从根部生长出来的花茎上生发出数个分叉，每个分叉的顶部都会开出一朵花儿。山民顾名思义俗称：扁竹根花。

扁竹根花又叫鸢尾花，这是我在第一次看见它后查找了很多资料才知道的，那时没有网络，嘱托附近师范学校读书的朋友去图书馆查找很多资料后才终于知道它的科属种类及中文学名，叫鸢尾花。

鸢尾花，这是一个很奇怪的名字。

鸢，也叫老鹰。是一种肉食类小型猛禽，性情凶猛。在孩子们的记忆里，老鹰都是非常可怕的动物。鸢尾，顾名思义，是老鹰的尾部，指盛开的花儿像老鹰的尾部。鸢尾花却是非常美丽，让人安静的花儿，鸢尾的花语是：爱的使者、长久思念。鸢尾花名和花语相去甚远。凶猛和安静、凶恶和美丽就是如此真实地共同存在，因此，我更相信它的花儿像蹁跹的蝴蝶，而不是老鹰的尾部。

其实生活何尝不是如此，看似美丽的光环背后是太多的艰辛和努力。俗话说酸甜苦辣，五味杂陈，这才是生活。成功的人总是经历了很多的坎坷和失败的付出。这些花儿原本生活在深山老林里，经历了大自然的太多风雨和各种野兽的侵袭，因为它的美丽才吸引了人类的喜爱和栽培，也因为它的恬静唯美，才被赋予了那么美丽而诗意的花语。

20世纪80年代末期，那是一个诗歌盛行的年代，在现代诗歌里是一个至今都无法超越的诗歌高度，从那个年龄过来的人们，或多或少都读过一些诗歌。那时很喜欢席慕蓉的诗歌。她的诗歌有一种洗尽铅华的质朴，干净的文字，干净的情怀，温婉中有些淡淡的忧伤，即使惆怅也带着甜美，带着希望，很适合浮躁疲惫的人们用来疗伤。她在《鸢尾花》中这样写道："……所有的记忆离我并不很远/就在我们曾经同行过的苔痕映照静寂的林间/可是，有一种不能确知的心情即使是/寻找到了适当的字句也逐渐无法再驾驭//到了最后，我之于你/一如深紫色的鸢尾花之于这个春季/终究仍要互相背弃"，"这柔媚清朗/有着微微湿润的风的春日/这周遭光亮细致并且不厌其烦地/呈现着所有生命过程的世界"。把一份绝望的爱情吟唱到了唯美的忧伤。因为这首诗歌，那时的我，总认为这花儿是带着淡淡忧伤的。

后来又读到舒婷的《会唱歌的鸢尾花》，单听名字就让人心生阅读的欲望。"我的忧伤因为你的照耀，升起一圈淡淡的光轮"，这诗的题记就为这首诗带上了唯美而淡淡的忧伤。"……我站得笔直/无畏、骄傲，分外年轻/痛苦的风暴在心底/太阳在额前/我的黄皮肤光亮透明/我的黑头发丰洁茂盛/中国母亲啊/给你应声而来的儿女/重新命名……你的位置/在那旗帜下/理想使痛苦光辉/这是我嘱托橄榄树/留给你的/最后一句话

和鸽子一起来找我吧/在早晨来找我/你会从人们的爱情里/找到我/找到你的/会唱歌的鸢尾花。"舒婷的诗歌超越了单纯的爱情，对祖国母亲的热爱让全诗上升到了另一个高度，让我对鸢尾又多了一份喜爱。每当

看见鸢尾花，我都会记起这句诗："会唱歌的鸢尾花。"

从此，对鸢尾花就情有独钟。每当看见，就想起十七八岁时的那条山谷，那片楠竹林，那些夕阳下的鸢尾花儿。

前年春天，朋友去云南旅游，在路边无意间发现了一些花儿，似鸢尾花，但它的花儿却是从未见过的紫色，比常见的鸢尾更加浪漫和诗意。朋友也是爱花之人，知道我喜爱鸢尾，于是停车挖了一株给我带回来，因为一直没时间，就临时栽种在花盆里，这一拖延就是一年的时间。

今年春天，朋友突然发现，盆子里的鸢尾已经长成了一大丛，开出了美丽的花儿，于是赶紧给我打电话，并亲自从南城送到北城的我家来，很是感动。盆子里有几朵正在盛开的花儿，更多的花苞在等待盛开。这种鸢尾，花型、花色都和本地的鸢尾完全不同，只在每一支花茎的顶部开一朵花儿，花瓣全是紫色，是那种令人心动的紫色，充满了浪漫的情怀，那灵动欲飞的花儿，像一群紫蝴蝶在绿叶间飞舞，传递着春的消息。

第一眼，我就喜欢上了这花儿。赶紧搬回家，仔细地分开成一小片小片的，栽种在我客厅外的窗下。

第二天是周末，早上起来，泡一杯红茶，抱一本老书，闲躺在藤椅里，或看看书，或闭目养养神，什么都不想，睁开眼，就看见窗前的鸢尾花，正诗意而宁静地盛开。

棕 子

棕子，只是一个符号。一个节假日的代名词而已。

端午总有雨，口口相传的历史总有源头。二千年的河流，雨后，总有些浑浊，照不见《怀沙》之赋。

溯流而上，寻"瑾""瑜"而去，寻那一江的棕香而去。

以菖蒲为剑，划不破汨罗的江水；用艾草明志，只剩下艾香的袅绕。

当棕香依然在空气中弥漫时，甜的辣的咸的淡的，五味俱全，我们醉心于研制更好的口感。

我依然去到乡间，采集一些野草熬制成药液，浸泡我的身体和灵魂。

菖蒲太软，但可以提醒我们需要一柄利剑；艾草隐晦，却仍以忠犬之形守护一方家园。

汨罗江上，需要弥漫的，除了棕香，更需要这些药液的香味。

是图腾祭奠还是怀念屈子，其实都不重要。一张棕叶，包裹起五千年的棕香，以江水煮之，翻滚起岁月的陈年醇香，在血脉里流淌。

端午有雨，洇湿一张棕叶；以棕为矾，明澈一江之水。

有些时光，需要时时晾晒，有些历史，何止一个符号。

曼珠沙华

　　一个周末，我和几个朋友兴之所至，开车奔向云南的莽莽群山。当我在那条悬崖上开凿出来的栈道旁，看见那株红色的花儿时，它正安静地开在石缝里时，第一眼，我就喜欢上了这种花。是喜欢它色彩的惊艳，还是喜欢它花瓣的奔放，或者，是喜欢它那份独特的安静？我不得而知，也没有想过，喜欢就是喜欢，有些时候，喜欢，不需要太多的理由，只需要那不经意的一眼，以及随之而来的心动。

　　从来没有见过这种花，于是我想把挖回来栽种，可惜因为没有工具，它又生长在石缝里，一不小心就把花茎折断了，只好带着一份遗憾把花带回来，用手机拍了一张照作为纪念。几天后，花谢了，记忆也散了。

　　那天和一个朋友独坐龙湖茅亭，一杯清茶，一本旧书，满山茶韵，半湖桂香。闲聊时，翻看手机，突然就看到这株花儿，勾起记忆，于是微信里把照片发出去，求助强大的网络，朋友们在微信里纷纷讨论，最后确信是曼珠沙华，朋友们兴奋之状让我好奇，在度娘那里才知道，这是花界里最神秘的一种花儿，花和叶永不相见，花语是绝望的爱情。很多人都说，曼珠沙华只是个传说，没有见过。有个朋友说在筠连和云南交界的大山里，有这种花，可以做向导带我们去找。兴起，约上三五好友，踏上寻找之旅。

　　一路上，我们都在探讨曼珠沙华，可是为什么这么稀罕的花儿，却很少见到，几乎没有人栽培呢？因为曼珠沙华花语的缘故吧。曼珠沙华的色

卷三　一树繁花

彩很惊艳，一大片地盛开时，容易让人联想到血，再联想到血腥、灾难等。还有那花叶永不相见的凄美和绝望，自然也让人无法喜欢。其实，即使花语，也和不同地方的文化有关，同样的花在不同文化里，有不同的含义。曼珠沙华，在佛经里它是来自天界之花，在日本花语里是"悲伤的回忆"，朝鲜花语里是"相互思念"，而中国花语里则是"优美纯洁"。由于中国文化里红色多用于喜庆吉祥，所以，其寓意应该更多祝福之意。但是，原产地在中国的这种花，长期以来却不太被中国人喜欢，几乎很少有人栽培。

　　终于来到那片莽莽大山，翻山越岭，在茂盛得比人还高的野草丛里，找到一大片曼珠沙华时，花已谢了，我们挖了一大兜球形根，准备回家栽培。把球形根挖出来时，可以看到凋谢的花茎，也可以看到初萌的芽儿，同行的朋友说，"谁说他们永不相见，其实它们一直都在一起"，我们都相视一笑，其实我们都还置身在看花不是花的境界，我们对花的喜欢都是这样，植入了太多自己的喜恶情感在里面。其实，村民是最简单朴实的，因为这花盛开时形状像龙爪，所以叫它龙爪花，他们不知道它是来自天界还是地狱，不知道守望还是绝望。他们只是知道，龙爪花是一味中药，有毒，但也有消肿、止痛之效。

　　村民们不解我们这么远地赶来就为了挖这些寻常的"龙爪花"，我们说就俩字，"喜欢"。朋友回来写了一首诗《曼珠沙华》，以花神和叶神的对白方式，写尽一份凄美的爱情，我却下不了笔。因为，从悬崖的那株花，到深山里的曼珠沙华，一切都是那么简单，因为喜欢，所以关注，因为兴起，所以寻找，喜欢不需要理由，简简单单就好。

　　下得山来，热情好客的村民捧出花生、地瓜招待我们，虽然深山里的他们，还是泥墙瓦屋，条件简陋，但是在他们脸上我却看到那种久违的笑容，干净而单纯。陶瓷茶盅里的老林茶还飘着几根茶梗，但我却觉得胜过办公室的大红袍或川红名茶。孩子们在树下捡拾板栗或柚子，还有儿时才见过的"冰粉籽"……那是一种简单的快乐，一眼就可以看穿，不带任何的杂质。

　　回来的第二天，朋友打来电话，说在南广河畔的一片乱石滩上，发现了一大片的黄色曼珠沙华，欣喜之情从电话里都可以感受。赶去时，花开得正艳，挖了些回来栽培，也采摘了一大捧在花瓶里。从网上查询得知，这花其实叫忽地笑，也是石蒜科，书名黄花石蒜，和红花石蒜的曼珠沙华、白花石蒜的曼陀罗华，是堂姊妹。"忽地笑"，当我第一次看见这名儿时，情不自禁地笑了起来。很简单的名字，很简单的笑容，安静地盛开在这河滩上，花开花谢，叶荣叶枯，简单而快乐，置身那片花丛时，我能体会到这份花儿的心情。

曼珠沙华和忽地笑都喜阴，不需经常浇水，买来花盆，把它们栽好，往阳台的旮旯里一放，我就忘记了。那天在空间里读到朋友的诗歌，我才记起，去阳台上一看，已长出了颗颗芽儿，绿意盎然，生机勃勃。

周末，把烦琐的事务放下，踏着深秋的微雨，我依旧带上一本老书，到龙湖旁，独坐茅亭，听雨听泉，听满山的青翠里，芽儿绽放的声音。

安守静美

立秋后一天，下着牛毛细雨，我突然想起，去年挖回来的曼珠沙华快开花了吧，去阳台上找到那几个花盆，一堆乱草，泥土几乎没有水分，心想这怎么能开花呢？不死都是万幸了。于是细心地把枯草剪除，松土、浇水，天天精心地伺候着。处暑过了，我去看花盆，却看见长出了星星点点青绿的叶芽，我暗自叫苦，曼珠沙华是花叶永不相见的，长出了叶片说明不会开花了。但是我仍然抱有一丝希望，精心打理着。

眼看着白露已经过了，那天清晨，一个朋友打来电话，"快看我的空间"，我奇了，"什么事？""去年我们一起去挖的曼珠沙华开花了，好美啊！"果然，在一个几乎荒芜的花盆里，几株曼珠沙华开着红色的花儿，让人惊艳的美又一次出现在面前。我赶紧跑去阳台，曼珠沙华的叶子却蓬蓬勃勃地生长起来了，我渐渐灰心了，但是百思不得其解。

今天早上刚起床，远在海外的一个朋友发来一组微信图片，她的曼珠沙华也开花了。仔细观察，发现图片里开花的曼珠沙华都生长在无人照料的状态下，野草丛生的花园里。我告诉朋友，我的花没有开。她说："我在花盆栽种时，多出来几颗随手扔在花台里，花盆里的也是长出了叶片没开花，但是丢弃在花台里的那几颗，却在杂草丛生里开出花……"我恍然间似乎明白了什么。

曼珠沙华，只喜欢安静地生长在山林，在田野，在那些不起眼的角落，该长叶时，蓬蓬勃勃地孕育那些潜伏在心底的梦想，该开花时努力开出那份独特而惊艳的灿烂。一袭衰草时不需要怜悯，风华正茂时不需要欣赏，为自己而盛开，为梦想而坚守，那种安守一隅的静美，让我在这秋日的清晨，多了一分感悟。

原来一直在想，这么美丽的花儿，为什么没有人栽培？这么诗意的故事，为什么没有人喜欢？是因为它花开彼岸的不祥寓意，还是因为它艳红如血的忌讳？其实这些都是一厢情愿的附会。繁华和衰败从来相生相克，此岸和彼岸相隔如纸。时光匆匆、年华老去，让每一个属于自己的日子，丰满成一朵内心的曼珠沙华，物是人非之后，不因繁华而乐极，不因衰败而生悲。曼珠沙华没有广泛地被园艺栽培，是因为它只是耕种溪畔、茅檐低小的村夫，是因为它只是归于南山、采菊东篱的隐者。晨风暮雨，每一朵花儿都有自己的舞台，或在都市，或在村野，只在适合它的地方生长，或轰轰烈烈，或平平淡淡，每一种选择都无可厚非，每一种梦想都需要坚持，不迷失，不彷徨，经年之后，初初的梦想还有多少痕迹尚在？花谢之后，曾经的繁华是否依旧？

有的花喜欢庭院，比如牡丹，精心管理，可以开出国色天香；有的花不能栽培，比如曼珠沙华，苦心孤诣，只能让它放弃花期。

拿起手机，看看朋友发来的照片，一丛野草里的曼珠沙华，少了一份惊艳，多了一份静美。窗外的秋雨，正淅淅沥沥地下着，秋天到了。

立　秋

经过连日的高温酷暑，一夜的清凉睡到天亮，是一件非常惬意的事。睁开眼，听檐雨滴答，哦，今日立秋！

秋天就这样悄无声息地来了。

客厅里飘来阵阵的暗香，寻香而去，原来是窗前的兰花开了。淡绿的花儿恣意地盛开，迎接着秋的到来。

打开手机，当地媒体的头条报道是：立秋带着雨水一路赶来……

"早立秋，渐渐悠。"看来今年的秋天是比较凉爽的了。

这个夏天，就在忙碌和酷暑中过去了，一不小心，秋就来了。

第一场秋雨就以这样绵绵密密的姿势，抑扬顿挫地，吟诵着诗词而来，和夏天划出一条泾渭分明的分界。

园子里的花草在秋雨里恣意地生长，经历了整整一个夏天的烈日炙烤，这些花草反而更加枝繁叶茂，已经凋萎的苦瓜、丝瓜居然在一夜秋雨后，藤蔓上又开满了朵朵的花儿。茉莉、黄桷兰带露盛开，连露水都沾满了香味。穿过密密匝匝的枝条，去枝头采摘几朵黄桷兰，嗅嗅，真香！尽管全身都湿了，却异常的欣喜，心情一下子就如这秋雨一样清澈而欢乐。

想想儿时在外婆家长大，家附近有一条很小很小的小溪，附近上百人都在这里挑水吃，用手在溪边刨出一个小凼，一会儿就浸满了水，用水瓢舀满水桶，颤悠悠地挑起回去。小溪和大河联通，每当涨水后，小溪里的水量增大，这时小溪就成了附近孩童们的天堂。把裤腿挽起来，用箢篼去撮鱼，找一处水草茂盛之处，把箢篼放在水流的下方，然后用脚在上方往箢篼里拂水，快速地将箢篼提出水面，这时，箢篼里就会出现一些几厘米长的小鱼，有时运气好，还有些五彩斑斓的小鱼，于是用小瓶子装起来，逗鱼耍就是一个下午最有趣的事儿了。

盛夏的时光在儿时确是最盼望的季节。偷偷地从丫头扫把上扯下来一根竹丫，去屋后旮旯里找一处蜘蛛网，把蜘蛛网粘满竹丫，就光着脚丫满田坎找蜻蜓去了，那些灰色的、黄色的、红色的蜻蜓就把一个夏天斑斓了起来。尽管小腿上被稻叶割满了一条条的小口子，渗出血珠来，却满不在乎，母亲看了往往心疼得不停责骂，但是转眼又跑出去了。因为这样的方式只能捕获普通的蜻蜓，要逮到那种绿色的大头蜻蜓，就要用一根缝衣线，一米多长，一头拴在用牙膏皮捏成的坠子上，另一头拴一根鸡毛，工具准备好了，就四处找这种蜻蜓，远远地看见一只这样的蜻蜓飞过来了，就把线抛上空中，蜻蜓误认为是小虫子就飞过来捕食时，被线缠绕在翅膀上落下来成了我们的战利品，能捕获这种大头蜻蜓是孩子们中最骄傲的事，一些更小点的孩子就跟在我们身后，眼神里充满了羡慕，这时，心里那种美滋滋的感觉像得胜归来的将军似的。

前几天在父母家吃饭，父母聊天时说起，一个儿时的伙伴娶儿媳妇了，恍然间觉得，于我而言，这个立秋的日子，过去的不仅是夏天，几十年的时光一眨眼就过去了。电视里在回放《××大讲堂》的节目，主讲人正在讲梦想的主题。我觉得，在小溪里撮到更多的鱼、在田坎上钓到更大的蜻蜓，这些都不是梦想，是目标，我似乎从来就没有过梦想，少年时想挣几个钱去买书，自考时，想每次考试能及格，做律师时，把每一个案子办得问心无愧，现在是每周的忙碌后，能在山野间走走放松工作的节奏，或者像此刻一样，细数窗外的雨声，安静地敲打一些文字，这些都是目标。梦想是遥远的，而目标是近处的，我从来就没有树立遥远的梦想，有的只是眼前的目标，一个目标实现了，又给自己下一个目标，一步步地走好就行了，如果真要说梦想，走远了，回过头来，目标就成了梦想。

转眼间，就人到中年，如这秋天已经到来了一样。秋天是丰收的季节，但没有春夏的孕育，就没有秋天的丰硕。最近流行一个词："不忘初心"，是啊，只有不忘记从哪里出发，才能不迷失自己。正如在盛夏的故事里，我写下这些淡泊的文字一样。

立秋，正带着雨水一路赶来……这个秋天，我的目标，就是从一些理性的文字到一些感性的文字，在淡淡的兰香里，安静地听听雨声。

秋分

连日的秋雨绵绵，将楼前的几株开得正盛的桂花，纷纷打落，每天出门、回家时，都带着一身湿漉漉的花香。

今日秋分，早上醒来就想，今天一定又是霏霏细雨，这时却发现一缕暖暖的阳光，从窗棂上的丝瓜藤蔓间钻进来，在墙壁上划出一条泾渭分明的线条，一面是渐行渐远的夏天，一面是步步紧逼的冬天。

我以一场久违的重感冒迎接秋分的到来。因为心脏不好的缘故，我一直以来很注意身体，近来很少着凉了。但是这次不知道怎么的就感冒了，嗓子疼痛，半天时间就说不出来话了，今早起来，头疼得厉害，鼻塞严重，吃药发汗，还是没有缓解的迹象。

人望五十奔的年龄，身体开始一点点地不如往昔了。这样毛病那样问题渐渐出来。一个多年的朋友，一辈子艰难打拼，顺境过也逆境过，风光过，也坐过多年的冷板凳……终于开始渐渐开阔之时，却不小心就发现是肺癌晚期……朋友们都唏嘘感慨，其中也或多或少地有兔死狐悲地感慨自己的成分在里面罢。

古人云：四十不惑。是说进入四十岁以后，对人生看得更透彻了。无论工作还是事业，身体才是第一位的，没有一副健康的身体，单位也好，家人也好，你都无法去实现自己的愿望。所以每当周末，我坚持必须去上山下乡，去乡野间散步，呼吸清新的空气，感受四季的变换，也让自己的大脑和精神得到彻底的放松，才能更好地工作，我不可能让每一件工作都尽善尽美，但我能做到的是让自己问心无愧，回首之时，才能有一份从容和坦然。这个时令，无论是河边的芦苇，还是山上的火棘，每一种生命怒放的背后，都有太多的风霜雨雪侵蚀，没有季节嬗变里的枯枝落叶，何来这样的芦花如雪、果实累累？

其实人就是一株植物，在草木的枯荣之间，在季节的变化里，感悟生命的过程。从破土而出，到初迎雨露，从风和日丽，到风霜雨雪，从枝繁叶茂，到颓然老去，没有生命可以永恒，永恒的是你留给世界的记忆。

附近的中坝岛上盛开芦苇，秋分前后，轻舞飞扬的芦花就覆盖了整个小岛，我们常常在岛上小聚，把小岛称为芦花岛，我先后写下一些文字，《芦花飞扬的日子》《芦花如雪》《芦殇》《记忆芦苇》等，这些文字不仅是岁月的记录，也是随年龄、心境的变化而变化。朋友们还引经据典从《诗经》中寻找溯源，论证哪块石头上停留过关关雎鸠，那处芦花是水中央那位伊人停留的地方……其实再美的芦花又怎能越千年而在，再美的文字，也只能留下记忆。

很多朋友在我的空间微信里，老是看见风花雪月，山水草木，疑惑：你整天都在游山玩水？我总是呵呵一乐。前日我发了几张红硕的火棘，非常唯美，朋友留言：又写诗了！我说：写诗每一天都是诗，说苦每一天都是苦。这就是朴素而简单的生活道理。我的工作烦琐而忙碌，如果真实记录就是一份烦恼日记，因此空间也好微信也罢，你传递的不是信息，而是一份心境。无论我传递的是一份美好或者一份烦恼，它们都数十、数百份地倍增。答案不言自明。

天气预报明日又是小雨。我就想，是否冥冥中，有些暗示，秋风秋雨并不愁煞人，秋雨之后还有秋阳，下雨就安静地数一地落花，天晴，就开心地享受每一缕秋日的阳光。

突然无来由地想起新闻中那个 8 岁就离开人世的小女孩，她主动放弃治疗，把社会爱心捐款分成 7 份，去救助那些在生命线上挣扎的孩子，而她自己走了。她的墓志铭是："我很乖，我来过！"

这世界，我来过。我想无论是一个人或是一株植物，这是最好的墓志铭！

秋阳，很暖和。此刻正从办公室窗户上照进来。窗外那株红枫树的一些叶片开始泛红，如张开的手掌一样的叶片，在阳光下，正泛着温暖的光芒。这个秋天尽管有在雨中碾落成泥的桂花，但也有这样暖暖照耀大地的阳光。秋天正向丰硕的深处走去……

八月梨花开

　　尽管还是八月，季节早已入秋。那个周末清晨，忽然想起很久没去龙溪石龙山了。循上山的小径慢慢地走着，葳蕤的草木，已没有了往日的葱茏，各色野花多数都已经谢了。一些蝉儿，在树林里时断时续地叫着。远处的山上，一片光秃秃的，像极伤疤。咦，那不是一片硕果累累的梨园吗？怎么被砍伐了？

　　怀着好奇之心，我从小路过去，原来梨树还在，但是树下的杂草被喷施了除草剂，全部枯死，只剩下梨树，由于隔得远了，就只看见满山衰草，忽略了梨树。放下心来的我刚准备离去时，枝头的一片白色吸引了我，不会是眼花了吧？定睛一瞧，还真是梨花，八月梨花？不是我思绪错乱了吧。用手机上网一搜，梨花开在清明节前，此刻都早已过了梨子的采摘期了，怎么还有梨花？可是枝头分明开满了一大片的梨花，像一只只蝴蝶，又像一片片白云，还有被吸引而来的蜜蜂，恋恋不舍地在花间流连……

　　绕过弯去，更大的一片梨花出现在眼前，数十棵梨树上，都开满了梨花。八月的梨花，娇而不柔，素而不淡。俯身捡拾起一朵被晨风吹落的花儿，几乎没有香味，但是花蕊和花瓣，都小巧而精致，我很喜欢梨花的颜色，白色的花瓣里透出一丝淡淡的绿意，但是仔细看又没有绿色，这种独特的颜色有一种春天的味道在里面。在这满山渐起的秋意里，这一片的梨花形成了一道美丽的风景。

可是为什么八月梨花开？百科知识告诉我，这可能是梨树受到外来因素的损伤而造成的，他们在未来的日子，可能再也无法挂果。原来这一季的繁花，这些梨树却要付出一生寂寞的代价。这些让人惊艳的美丽，却只能成为它们未来日子的最后独忆。

八月梨花开，一时繁华，一生寂寞。我们看得见枝头的美丽，看不见季节的沧桑。

天空中淅淅沥沥地飘起了细雨，山色微濛。翻过山坳，便是那一池秋水的龙湖，湖旁小径边上，一道竹篱一直延伸到那只孤独守望千年的石蟾处。竹篱北望，一座城市的喧嚣，在雨雾中苍茫。山之南，池之旁，茅亭空寂。紫薇渐谢，石榴树上只剩空枝。只有那株蓝花楹，让人浮想，那一树让人醉倒的美……

八月梨花开。八月梨花开。不恋过往，不惧将来。如果注定寂寞，就努力开成这个季节最美的风景。

竹燕窝

　　仲秋季节，阴雨天气较多，一场细雨之后，林间空气清新舒畅。周末，喜欢散步的我和朋友相约来到南广河畔的这条小路，沿江而行，基本上在竹林间穿行。这些竹多是一种叫"硬头黄"的竹种，在川南一带的岩畔溪旁、房前屋后、田边地角、几乎随处可见。

　　朋友说"竹燕窝又出来了"。我往竹林里望去，果然，竹竿上、竹根部，长满一丛丛米黄色的竹燕窝，状如银耳，用手扳下来，肉嘟嘟的，但基底部黑黢黢的，仔细观察，才发现，里面寄生了很多叫竹虱子的小虫子，觉得有些恶心。朋友说去年他们都弄了些来吃，味道不错。这东西能吃？我还是有些犹豫。

　　回来上网找度娘询问，原来这竹燕窝还真是好东西。竹燕窝，又名竹菌、竹花、竹菇，是一种非常名贵的真菌类食品。含有人体必需的多种蛋白质、氨基酸、维生素、果胶等营养成分。它主要生长在川黔一带山间的硬头黄竹林深处，而且我们宜宾竟然是竹燕窝独特的主要生长区域。这是一种特殊的嫩竹寄生虫在食用竹汁后，残留的竹汁经适宜的温度和水分生长出来的真菌，同时汲取竹汁、竹虫的营养，虫竹菌共生，非常罕见。适宜的温度和湿度促进了它的生长。当温度不适宜的时候，它会自动消失，真可谓是仙界珍品，人间绝味。由于竹燕窝无法人工种植，且只生长在仲秋季节，故十分的名贵。其形如燕窝，口感润滑、清爽，集鲜、嫩、脆、爽口之特点于一身，营养价值堪比燕窝，故称植物燕窝。竹燕窝不仅是名贵的营养品，李时珍的《本草纲目》中，也专门记载竹燕窝还具有抗菌、消炎的功效。

由于竹燕窝对环境的独特要求，长出来后必须立即采摘，否则一周左右就消失了。看到这里，我赶紧和老婆一起，带上一个篮子直奔山间而去，刚采了一块，竹虱子四处飞舞，落在身上，老婆被吓着了，叫我赶紧撤退，我没有理会，继续采摘，最后老婆实在忍无可忍那令人恐怖的竹虱子带来的心理压力，下达了最后通牒，这时我已经采摘了半篮子竹燕窝，同意撤退，老婆看见篮子里全是黑黝黝的竹燕窝，直埋怨，什么竹燕窝，谁敢吃这么恶心的东西啊？这时，我也有些后悔，这东西真能吃？并且篮子里的虫子飞舞得让生疑，是否要带回去？

这时路边出现了一条山溪，我将竹燕窝倒在溪水里，仔细地清洗，主要是想把虫子洗掉，避免掉在身上。边清洗边观察，虫子和燕窝状的肉质体几乎混为一体，每一个褶皱里几乎都有虫子，那些看似黑黑的东西几乎是虫子形成的，我利用流动的水一点点地清洗后，半小时后，黑黝黝的东西没有了，篮子里米黄色的竹燕窝，让我又对其味道充满了好奇。

回家后不停地又用清水漂洗数次，直到一块块的竹燕窝漂浮在清水里，没有半点杂质，再将清水沥尽。这时就可以食用了，吃不完的也可以放入冰箱冷藏。我查了查资料，竹燕窝食用的方法很多，可以炖汤、红烧、凉拌等，家里刚好买回来两块豆腐，于是将竹燕窝放入红烧麻辣豆腐里一块儿烧。

端上桌时，所有人的眼光都盯着豆腐里的竹燕窝，只见一块块的竹燕窝亮晶晶的，在红油汤汁里，泛着金黄色的亮光，一下子勾起人的食欲。我试探性地夹起一块小心翼翼地放进嘴里，哇！很滑很嫩微脆，和豆腐的麻辣味融为一体，奇香无比。一家人看我美滋滋的样子，一起下筷，风卷残云，很快就没了。吃完后大家才一致评价，"真是好东西"。老爸说："林子里到处都是，烦糟糟（脏兮兮）的，以前从来没人弄来吃。"最后大家总结的结论是："弄（采摘）的人不要吃，吃的人不要弄（采摘）。"为什么呢？因为野生状态下的竹燕窝实在严重损害了人们对其形状和味道的美好印象，而采摘的人也会没有胃口。作为食客来说，看见的不一定都是真相，而我深深地感悟：不要被表象迷惑，只有不放弃，才能抵达真相；只有不放弃，才能品尝到这么美味的珍品。

　　秋分即至，秋已渐深，趁秋尚在，再去采一次竹燕窝。

蒲桃满枝

立秋那天下午，窗外悄无声息地飘起了细雨，传统的节令倒也比较应验，立秋这日果真就下起了小雨，"却道天凉好个秋"啊。

眼睛在电脑上盯久了，生涩得疼痛。放下工作，站在窗前，看漫天的雨丝，和湿漉漉的树叶儿，眼睛舒服多了。端起桌上的红茶，轻轻地一啜口，一股温暖醇和的感觉从嘴里到胃里，一点点地弥漫。

突然无来由地想起，春天的时候，去乡下散步，在一处山坳里发现的那株蒲桃树，如今挂果了吗？于是强烈地想去看看蒲桃满枝的样子。此后的几日，这份想法不但没有消减，反而更加强烈。自己也很奇怪，早过了不惑之年的我，已经很少对什么事儿这么挂念，这是怎么了？

周末一大早，天刚微亮，就拖着老婆一起冒雨出门，去找那株蒲桃树。约半小时车程，就到了那座大山下，撑着雨伞，沿那条隐约在草丛中的小径，往山上爬去，十多分钟后，穿过一片树林，远远地看见山坳里的那株高大的蒲桃树，碧绿的枝叶间挂满米黄色的果子。蒲桃熟了！

这山坳里几乎没有人烟。高大的蒲桃树下，草丛里、灌木里到处都是熟透了从树上掉下来的蒲桃，由于没有人捡拾，很多都已经开始腐烂了。迫不及待的我，捡起一个蒲桃就往嘴里送，顿时一股甜甜的味道直钻喉咙，回味里有淡淡的清香，是那种草木的味道，又像是玫瑰的花香。

成熟了的蒲桃，呈橄榄状，米黄色，尾部像极了一朵花萼，大颗的蒲桃可达五六厘米大小，轻轻剥开，里面是空心的，有两颗深棕色的种子，轻轻地扳开一瓣放进嘴里，那种独特的清香让你欲罢不能，从此就喜欢上了这种叫蒲桃的果子。未剥开前的蒲桃，拿在手里，轻轻一摇，里面种子和果壁碰撞时可以发出声响，所以有人称之为"响果""香果"。

后来查资料才知道，蒲桃不仅有很高的食用价值，还有很高的药用价值。根、叶、花、果、种子都是药，可以生津液，强筋骨，止咳除烦，补益气血……可以治疗糖尿病、肾病等很多种病。虽然这样，但蒲桃却普通得几乎让人把它忘记了一样，很少有人把蒲桃当成水果，记得在儿时偶尔见过有农民提了篮子叫卖，但是很少有人买了来吃的。我却是第一眼就喜欢上了它，已经有很多年没有见到它的身影了。

蒲桃的花也很美，四片花萼上盛开一丛淡黄色的花针，似云像雾如烟，非常独特，也非常的诗意。春三月，在川南在群山间，爬上一个坡，转过一条湾，突然看见一棵高大的树冠上，开满一丛丛的花儿，在黛绿的背景里，远看像一些飞舞的蝴蝶，近看又像一朵朵绽放的礼花。

微风夹着雨丝轻轻拂过，一阵扑簌簌的声音，那些熟透了的蒲桃便从枝叶间掉了下来。我在树下踮着脚小心地寻找着新鲜的蒲桃，生怕踩到那些已经坏掉蒲桃，因为我觉得，如果把它们踩在脚下，是一种罪过。树下一丛丛地长满了一些矮小的蒲桃苗，它们应该是这些没有人捡拾的蒲桃种子生长起来的。来了，又去了。花开了，果结了，掉在地上坏了。尽管没有人欣赏，它们依然把花儿开得那么美丽，把果子结得那么丰硕。它不是为欣赏而来，也不为失落而去。在这秋雨微凉的清晨，我生怕惊扰了这份静美。

捡拾了一些蒲桃回来，在某个夜晚，放下那些烦琐的工作，泡一杯红茶，坐在阳台上，细细地品味红茶的温润和蒲桃的清香，闭上眼，听秋雨敲窗。

此刻，红尘似乎离我很远很远。

花事组章

芦花如雪

岛上，下"雪"了。

我知道，芦花开了。

一枚竹叶落于江上，一座小岛穿越诗经，唐诗宋词的箫声里，石门江上从此遍地芦花。

雪一样飘逸，雪一样轻盈。芦花总是世外之物，红尘之中，谁，一管芦笛，能约见"水之湄"的那位女子？

雪一样的纯美，雪一样的安静。咫尺喧嚣与你无关，超脱于纷纷扰扰之外。一位婉约女诗人，把这份古典的唯美带进红尘，带出红尘。

秋风漫起，总有些芦花舞蹈成霓裳羽衣，繁华之后，漫天飞雪总是一位愁肠百结的村姑。"水中央"，三生石上，孤独的水鸟，犹在"关关雎鸠"。鸟语，只有芦花知道。

"蒹葭苍苍，白露为霜。"芦花飞扬的日子总是和秋阳有关。飞扬的有灿烂的心情，更有一些欲语还休的深藏。十月的日子，因了这芦花而生动起来。

一花一故事，一叶一心情。素颜淡妆，把红尘拒在岛外。

一双素手，温暖了这个秋深的日子。一缕阳光，穿越千年的承诺。

芦花如雪，我们栖居在箫声长成的日子里。

芦花如雪，我们惬意地穿行在那些飞扬的诗句中。

季节总是交替更迭，风雨总把红尘侵袭。有些坚持，需要有梦。

梦里《诗经》，梦里芦花。

梦是诗的扉页，诗是梦的芦花。

因为梦，可以穿越《诗经》；因为梦，我们坚守芦花。

芦花如雪，因了芦花雪一样诗意的唯美。

雪如芦花，赋予雪多一份芦花一样的千年灵气。

槐花

高高山上一树槐。把春天守望成春天，让三月相思成三月。你的名字，被那些鸟儿衔起，婉转成那些平平仄仄伤感的宋词。

那一串串麻花瓣，绕来绕去，总也绕不出那些青葱的记忆；红了樱桃、黄了枇杷，秧苗成行的田垄上，那些深深浅浅的脚印里，侧耳根的清香让人陶醉，各色的花儿开得正艳。

那是一串串相思泪，望来望去，总是望断了那些高高低低的山冈；远远近近的山路，一头是山里，一头是山外，那些青翠的色彩，漫山遍野，都是萌动的心事。花谢花开，期待最美丽的那次绽放。

那是一串串山歌谣，唱来唱去，终于唱出了春日的暖暖阳光。这个季节，颜色比秋天还斑斓，这个季节，阳光比冬天还充满生意。

有些颜色不深不浅，青翠中透着嫩绿，让人不敢触碰，仿佛不小心就会溢出一些心事；有些花香不浓不淡，素雅里自有清幽，让人不忍离去，所有疲惫的风尘都会在这里得到明目清心。

高高山上，槐花盛开。谷雨时节，倚门守望。

栀子花

轻轻地展开，那薄薄的信笺中竟夹着两片花瓣，你说，那是栀子花。

我似乎嗅到了那淡淡的花香，似乎看见一丛丛开满了白花的栀子树在高高低低的山冈上，席慕蓉营造的氛围，让我联想从栀子树旁走过时的心境。

我一直盼望得到一朵白白的栀子花，让花香伴我寂夜时的疲惫，浓浓淡淡地让我怀想她的来处。你给了我这一切。

凋萎的是花期，无法凋萎的是心情。当那纤纤的手把它封进邮简，年轻的心事便时时在我的书桌上微微的弥漫开来。

当我想起那山野中一丛丛的栀子花，便无法淡忘栀子花盛开季节馨香的花事。

以及漫步在栀子花柔白背景中的故人来。

花谢了，送花的人却美丽如花。

荷事

一滴露珠从莲叶上滑落，一朵莲花在晨曦中绽放。

带着稻叶和玉米的清香，从白马池吹过来的微风，轻轻地，就吹皱了一坝的碧波。

"接天莲叶无穷碧"，这一池的莲叶和青葱的庄稼悄无声息地融在了一起，一层层铺展开来，庆岭的半夏就被这无垠的绿意淹没了。

不经意间，一群唐宋女子，身着粉色、白色的衣袂，温婉地走来，袅袅娉娉，驻足于一片片绿叶之上，或低眉，或轻舞，这晨曦里的田园，一下子就生动起来，那些在记忆里渐行渐远的句子，仿佛在耳畔吟起。

一串轻笑，惊醒满池静谧。误入藕花深处的，不是晚归的易安居士，而是早起采摘瓜果的村姑，骄阳尚早，盛开的花瓣无法映日，却染红佳人的笑颜，一颗颗带露的晨曦，在莲叶上渲染开来，鲜活了三千尺宣纸，五百行诗词。

这些笑声，没有惊醒懒洋洋的蜻蜓，他们还在惬意地做着一个个旖旎的春梦。小荷们青涩地不敢露出娇羞的脸庞，一个个开始饱满起来的莲蓬，仍带着璎珞般的项链，骄傲地展示最后的美丽。

偶尔一些含蓄的花儿，偷偷地藏在巨大的伞叶下，和那些凋零的花瓣私语，盛开与凋落，不过风景各异，带着美丽而来，带着收获离开，幕起和幕落都会迎来热烈的掌声，心境才是抵御岁月最好的武器。

一只聪明的青蛙适时地独奏起来，引来一片合唱，稻花已经在含苞，荷花渐渐丰满了起来。庆岭的半夏，没有南山远望，却有香炉可以思古；没有东篱之菊，却有文武荷花。陶潜一定在遗憾当年的选择。

玉米也戴着红缨，打扮得漂漂亮亮地前来，和荷花们商量这个秋天的盛宴，同路的还有瓜果飘香和炊烟袅袅，古老的文武田园，怡然自得，把春种秋收，演绎成古籍中的最后线索。

阳光渐渐充盈起来，一张张的笑颜，把这片青葱的田园，斑斓成这个季节最美的色彩。

记忆芦苇（四章）

苇花

对于苇花，我有一种说不清道不明的感情。起初，我喜欢它，把生活想象得如苇花一样的美丽；后来我喜欢它，把它当成我寻找的爱人的影子，一心寻找一份如苇花一样的浪漫；再后来我把苇花当成往事的一份回忆……

那时我的小屋插满了苇花，书架上、书桌上、床头上……全是苇花，整一个苇花的世界，被朋友们戏称为原始森林，及至年龄的增长，我们不再骑了自行车去郊外采苇花，屋里也没了那些飘来荡去的如苇絮一样年轻的心情飘忽不定，多愁善感。一日，一位老友来我婚后的小屋时，第一句话："怎没了那熟悉的苇花？"我说："苇花已谢了。"是的，毕竟我们已不再是少男少女的时代，苇花终得飘散在风中，正如往事只是一种过去，我们也终将长大走向成熟。

虽然，每每看见苇花时，我常有一种怦然心动的感觉，却总是拥着妻子，告诉她那些关于苇花的往事，然后小心地呵护着她，穿越那些丛生的杂草，去寻找假日的快乐。

季节芦苇

在冬日的萧瑟中，谁曾留意那株憔悴的芦苇……

秋的诗意中，它曾那样的青春美丽，飘逸是人们最爱的形容词。从古至今多少迁客骚人为它吟唱流连。意气风发少年时，这是谁的文章？山花野果，难道只是一些卑贱的点缀？

几场秋雨，几多寒风，野果红透诱惑着搜寻的眼，山花凋谢，却固守自己成熟的果实，默默孕育下一个希望。而那曾在阳光下把欲望一点点膨胀，在秋风中浪漫一份奇迹出现的芦苇呢？

折断的身躯还可觅见那一颗不安宁的灵魂，而浪漫已是遥远的往事，欲望到了极致便已随秋风散去无处寻觅……

一个重复千百遍的老掉牙的故事，一份心碎的追寻，让每日从这山前经过的我感悟良久。

瑟瑟的山野中那灌木丛中的"救军粮"红得那样醒目……

冬日芦苇

冬日在我们身上的衣服一层层地厚起来的过程中悄无声息地到来，川南绿色的山野变得层次分明起来，起伏的山峦上、布满卵石的河滩上一丛丛的芦苇已没了那诗意的飘逸，冬日的芦苇就这样孤零零地独立在寒风中。

从秋日的绮梦中走来的芦苇，经历了风雨侵袭，抗拒过霜冷夜寒，容颜尽失的它再留不住写生的画笔，也等不来采撷的青睐。它仍直立起自己的脊梁，固守着那份坚持，在那份孤独的坚持中，它坚信着那份秋的约会。

这种时候，沉默也是一种风景。

陌室里至今有一丛芦苇，那是多年前，几个多梦的少年，去山中找诗意，找浪漫，采野茶花，采"救军粮"……最后，每个人都捧了一捧芦苇回来，把一间小屋布置得诗意盎然。多年后那些少年已不再写诗，也不再作梦，这些芦苇也已飘散在岁月的烟尘中。

冬日的一个清晨，在寒风瑟瑟中的山冈上，那一大片一大片的芦苇让我突然间泪盈眼眶，一切疲惫与蹉跎、一切奋斗与坚持，在这些冬日的芦苇面前是多么渺小和无关紧要。冬日的芦苇抚慰了我们肉体和灵魂的疲惫，那小小的一份坚持，便足以让我们感动一生。

从此我不轻言放弃，是因了那个冬天的那丛芦苇。

一江秋水

秋分的日子，秋天向芦花深处蔓延，絮一样轻扬的心情，开始在秋风里疯长，起起落落。

花谢花开，岁枯岁荣。

一些携手，在河滩下坚韧。

一江秋水，依然安静地流过。一地河滩，还记得，那双踟蹰的赤脚？

在水之湄，守望，一江清寂；在水之洲，相思，只成追忆。

关关之声，犹在耳畔。三生石上，雎鸠不再。

有些温度，从那个秋天出发，无所归依。有些身影，与芦花一起逃遁，隐居南山。

以花为缘的相识，在秋天失忆；以苇为枕的约定，在梦里失约。

趁水未寒，涉水而去，遍植思念，温暖这些冷却的河滩，冬去春来，一些记忆，是否会复活？

芦花深处，芦花之外，所有的飞花，都是秋天的音符，所有的结局，

都是纯美的风景。

芦 殇

芦花岛，这个石门江上美丽的小岛，遍地芦花，成就一江风景。金线岭网站每年仲秋季节举办的芦花节，点缀秋天飞扬的日子。可惜，一场厄运，今年的芦花不再，只能成为追忆。谨以此纪念那些与芦花有关的日子。

——题记

（一）

失血的秋阳下，没了那些轻盈的精灵。

孤独的小岛上，没了那些坚韧的身影。

只剩下失落的河滩和一江无言的月光。

消失的不仅这片芦花，断层的，又何止这个秋天。

穿越二千年的唐风宋雨，这个秋天，那些裸露的河滩，睁着困惑的眼睛，寻找那些飘逝的芦花。

兼葭苍苍，我们或许只有在那些上古的文字里翻捡。淡薄红尘之事，超越世间纷扰，耕植在象形文字里的芦花，惨白得有些抽象，缥缈得无迹可寻。

曾几何时，洪水肆虐，刀斧砍伐，岁月摧残，或隐或现，通向春天的道路上，总可以看见那些坚持的身影。

（二）

雎鸠无踪，子归何在？关关之声，失语，在这个秋天。

那片芦花，承载了太多美好的回忆。隔苇望月，望断江石，望瘦一江清寂。

一双纤手，一株芦花。你用掌心的温度，让那些芦花飞扬成四季的风景。

一诗一画，一江一景。有些人有些事，就如芦花，无法为谁停下脚步。

涨潮的春水，再也丰腴不了这一地的芦花。

美丽的只有记忆，伤逝的何止秋天。

从此，石门江上再无芦花？

（三）

这个与芦花有关的小岛，从此不忍触及。

这些与芦花有关的故事，从此将成为追忆？

三生石仍在，芦花却隐去了。小隐隐于诗，大隐隐于江。

与青春有关的故事，曾经和那些芦花一起盛开；与欢笑有关的时光，不会和这座小岛一起沉浮。

抓不住的是那些飘远的芦花，能留下的，总有些感动的细节。

袅袅炊烟中追逐的脚步，吉他弹唱里溅起的欢笑，与芦花有关的日子，总是难忘。

没有了芦花的秋天，阻挡不了我们如约的脚步；失约芦花的日子，我们多了一份梦想和期待。

每年我们都如约而来，无论风雨。只为一些坚持和坚守，只为那份初初的约定。

面向大江，春江水暖。只要有根在，一地的芦花，总会在秋天，延续那份千年的唯美。

桫椤　山泉　早茶

赏桫椤，品早茶，饮山泉，人之三大幸事也。集三幸于一体，然川南红岩可践梦之，不亦乐乎！

远观红岩，高耸入云，雾气氤氲。过阡陌，涉险路，越茅草，登高见茶垄，满目皆绿意，列队迎贵客，恍然入仙境。星星茶芽，跃跃似萌；偶有茶花，犹似村姑；洁白似仙女，婀娜于桃源。

更喜有桫椤，长于山崖，憩于山涧，漫山遍野，或丛或独，展冠如盖，舒枝如翅，绿意苍茫，无字形容；晃若白垩，有恐龙同行，似回远古，穿时空隧道。

茶垄无声，却闻玲琼之音，拨开野草，有山泉汩汩，清冽回甜，一如琼浆，村民言：天赐神液，佑庇村民，自古多长寿，更无得怪病。桫椤、茶垄，皆饮山泉而茂盛；红岩、高山，因以山泉而灵气。

立垄间茶香，仰红岩壁陡，几点褚红，艳似朱砂，人称"四点红"，传有灵芝，长于峭壁，共生茶树，无人可采。今有茶人，植茶于岩下，有桫椤为伴，以山泉为友，春始而得之。采早茶奉世间，饮桫椤怀古情，此大幸也。

桫椤，早茶，有山泉，共生于红岩，如人之手足，缺一不可得。采茶桫椤下，悠然见红岩；掬泉啜饮之，沁脾如茶香；极目群山远，环绕如屏障；俯视阡陌间，宁静如诗画。

人间之仙境，饮者之绝品。

雨润的生命

　　凝望叶落，是多年前的一首诗歌，湿漉漉的天空做背景，水泥小径上，洒满一地的，那不是往事，是一些飘落的黄叶，年轻的眼眸迷失在雨中……直到冬天过去，枝头却依然，有着最后的坚持，雨润过的枯叶，也是有生命的。

　　穿越上古和时空，穿越文明和蛮荒，雨，和记忆无关，雨，只和生命联系。

　　那似有形却似无形的精灵，那仿佛停留但更是在流动的精灵，那绵延亿万年，却亘古年轻的精灵，所有与生命有关的，都源于它的滋润，因此说生命是雨润的。

　　从《诗经》里开始繁衍的雨，一直沥沥淅淅数千年，有人类就有雨的故事，有生命就有雨的记忆。生命是雨润的，而生命的过程更是雨润的。

　　儿时的雨，充满神秘，幻想它是天庭的使者；青年的雨，充满灵性，总是和那位撑着油纸伞的美女有关；中年的雨，带着伤感，总是在困顿的时候来临；暮年的雨，与岁月有关，每一滴都写满了生命的回忆。

　　老屋前的青苔，郁郁葱葱，檐石上那排小窠，是和坚持的屋檐有关；草垛上的狂风暴雨淋湿了最初的诗稿，却擦亮了一双寻觅的眼睛，湿润的草垛，成了一个个跳跃的文字；那些依窗数雨的日子，是生命里一些不可或缺的片段，栽一棵芭蕉在窗下，营造出一些年轻的荒唐；这时节正绽放的刺槐，还记得红色的沙砾土上，那些洒满汗水的脚印，一步步走来，那些雨润过的痕迹，已镌刻在刺槐的枝头……

寻找的过程，就是雨润的轨迹，来路和归途，总是湿漉的，有雨的时光，生命就不会干瘪，有雨的岁月，麦穗总是饱满的。

雨润的生命，就在那一片开始成熟的麦田里，渐渐饱满起来。

舞蹈的生命

冬日难得的晴日，阳光暖暖的时候，和妻携小女去公园的山上转转，满山的绿意苍苍，几乎让我忘记这是深冬的日子。川南的季节变化不太大，这样的日子，我甚至可以看到有些植物的芽儿正努力地绽放。

"哇！好美！"我顺着妻惊叹的目光望去，不远处两株银杏高大挺拔，满树金黄的叶子在绿色的背景下成为一道亮丽的风景，又好似一幅生动的油画，阳光穿过叶片泻下来，满树的叶片泛着一层光芒，又好像舞蹈的精灵，经常路过这两株银杏，却从没发现过这么美丽。

一阵寒风刮过，叶片纷纷飘落，离开树枝时的簌簌声，像雨点一样急促，但在空中飘飞的它们却比雨点更轻灵，"它们在风中舞蹈"，妻喃喃自语。"舞蹈的生命"，我补充道。还记得恋爱季节我们一起采撷的那枚银杏叶，虽然早已没了绿色，但至今仍在我的日记本里保持那种舞蹈的姿势；也记得在杜甫草堂时，女儿指着在微风中轻轻舞蹈的银杏叶，吵着要的情景……这些美丽的叶片从初萌的芽儿到凋落的整个过程，都在尽力展示生命的美丽，即使从树枝到大地的这最后距离，仍不放弃最后的努力，舞蹈着、张扬着最后的美丽，尽管结局已经注定，但努力过就是美丽的。

不论是被采摘后无奈地干涸生命，还是在经历风霜后凋零成泥，最后的定格是枯黄还是金黄……银杏叶把美丽舞蹈到最后，即使留下的记忆，也是舞蹈着的、坚持着的形象。美丽每一天，其实凋落又岂是生命的终结。

卷三　一树繁花

淡淡槐香

家乡的山冈上，曾经长满了槐树，每年的春末夏初，树上都会挂满一串串铃铛似的槐花，微风一过，清香四溢，那些白色的花瓣儿就飘在了风中，地上铺满一层的洁白。淡淡槐香，是一种宁静，更是一种淡泊，温暖了来路和归途。

夜饮石门

夏日周末黄昏，三五朋友聊到兴起，携壶带茶到距城七八里的古石门处赏月。恰好有几张石砌的石桌石凳，围桌而坐，沏上一杯清茶，随意聊去，不亦乐乎！

古石门原为南丝绸之路上的一处要隘，自古为中原与南夷地区的分界点，相传为秦汉时期凿石开阁而成，石门所在的石门山又名兰山，古时山上有数十种兰草，石门幽兰也成为古庆符八景之一，该山也因兰而名，载入中国名山志。石门因其太多的历史、文化积淀，而让人生出一些厚重感，神秘感。

或许是发怀古之幽情的自然，或许是让身心寻一方宁静的刻意，到石门饮茶赏月的提议一出，得到友人一致附和。夜的石门确实是个好地方，半轮朗月挂在天上，四周群山绵延，融于这静静的清晖里，慢慢品啜着杯中清茶，上下五千年，纵横八万里，工作的疲惫，事业的艰难，家庭的琐碎，儿时的趣事，奋斗的曲折，谈到乐处，放肆大笑，聊到烦恼，惺惺相惜。举茶当酒，邀明月做伴，露水便在这不觉间湿了我们的衣衫。更多的时候，我们或席地而坐，或依石为椅，静静地享受这滚滚红尘中一份难得的宁静。

夜色渐渐深了，周围也渐渐静寂下来，躺在那巨大的青石上，仰视夜空，月儿已隐入云中，片片云絮在天空变幻出一幅山水画，或是一幅草原牧马图，几点星星透过云隙隐隐约约，身边是古老的石门，摩挲那些古老的题刻，遥远的历史似乎穿越时空随如水的夜色在周围漫透，耳边是湍急的南广河涛声，这样的时刻，你什么都可以想，什么也可以不想，让身体和心灵一起随这古老的石门冥冥的引领而去……仿佛你本来就是这江边千百年来默默无语的一块鹅卵石，或者是崖边的一丛灌木。所谓生活的烦忧与疲惫，所谓名利的追逐与得失……心累，其实很多时候是我们自己为自己戴上的一副无法挣脱的枷锁，在灵魂和自然的对话中，我似乎大彻大悟，多少人能真正做到心静，超脱于那些无谓的烦忧？

　　近年来，一些信佛的善男信女们在石门处供奉起一尊观音菩萨，每逢观音菩萨生辰，就纷纷聚集在此朝拜，各怀心事，各祈奢欲。主张心静的佛家，原来从没做到过真正的心静。宗教与信仰也被横流的物欲泯灭，红尘中真有一片净土吗？很多时候连我自己也明白，那片净土不过是我们祈望的理想之地罢了。更多的时候，我们连这一点点坚守也不能把持，因为我们太容易在浮躁中迷失自己，谁又能说不是呢？

　　杯中芽儿沉沉浮浮，浓浓淡淡后剩下的只是无味的白水。朋友相邀，下次来时，约上懂音律之人，几声竹笛，一曲二胡，甚是快哉！

我的桷子情结

那种树非常的"烂贱"，在川南的山冈，遍野皆是，土地是用来种庄稼的，它只能零星地散落于崖边、地角、岩缝。每到秋天，心形的叶片开始慢慢变红起来，挂满皲裂的枝丫，像一幅幅油画，非常的生动。枝头挂满了一丛丛白色的小果，光滑洁白，但一场雨后，果实便开始发黄，随风而过，可以听见细微的簌簌声从叶片间掠过，春天再次来到的时候，一些芽儿又拱出红色的山冈，不需要管理，不需要养分，只要有一粒种子，有一点点的石缝，它就可以蓬勃地生长成山冈的风景，所以，父辈们说它很"烂贱"，"烂贱"就是生命力顽强的意思。在川南一带，都叫它桷子，那些小小的白色果实就叫桷子米，树因果而名桷子树，叶因果而名桷子叶，其实它也有个文绉绉的学名叫乌桕，而我还是习惯叫它桷子，因为这是我的记忆，我有着无法割舍的桷子情结。

应该说我对文字的热爱就是从这些小小的桷子米萌芽的，改变我人生轨迹的就是这些叫桷子米的果实。初中毕业后，没考上学校，我回到农村务农，在那些枯燥而艰苦的日子我喜欢上了写作，但拮据的家庭不可能供给我买书和稿笺纸的钱，偶然的机会我发现镇上的废品收购站在收购桷子米，一毛钱一斤，而桷子在我每天劳作的山冈上不是漫山遍野都是吗？这个发现让我欣喜。于是每天上山做农活儿时我比谁都积极地先上山，利用劳作间隙去采摘桷子米，几天的辛苦后，在收购站竟然换回了5毛多钱，赶紧屁颠屁颠地去买回两本书和一本稿笺纸，那一刻的幸福是无法形容的，终于通过自己的劳动挣到钱，可以想买什么书就买什么书，而且还可以长期地挣钱。但我忽略了每年只有一季，等到把附近山头的桷子米都采摘完了，才知道只能等待明年了，那时我比谁都盼望又一个秋天早日到来。可以丝毫不夸张地说，是这些桷子米才让我能读一点有限的书籍，才可以积累一点点文学的知识，才能让我坚持自己的执着。

后来，我去工厂做临工、去私人企业做销售、去跑小生意……逐渐一步步离开了土地，也离开了采摘桷子米的日子，但我一直无法忘怀，这小小的白色果实已融进了我的生命，融进了我的记忆。20世纪80年代末期我和几个喜欢文学的朋友搞了一个文学社，也用桷子树上的红叶命名，合作油印诗集也起名《红叶集》。

再后来，因为职业原因，我离写作越来越远了，但时至今日，我只要下乡，总是努力去寻找桷子树，只要看见桷子树，就看见了树下那些青涩的日子和那个捡拾桷子米的少年。桷子树是野生的，在川南一带没有人在庭院里栽培，它的根只能扎进那贫瘠的石缝，我在想，如果真有人栽培，或许它只有在肥沃里死去，或者在萎靡中苟延残喘，它的天空在山冈，它的生命属于岩石。

因为这份桷子情结，我常在不同的季节带女儿去乡下，教她认识桷子，告诉她那些白色的果实是可以卖钱买书的，那些红色的叶子就是土地的颜色，可以做成书笺，皲裂的树干很丑陋，但却比任何生命都顽强，但女儿不屑一顾，一瞬间我的心偶尔有疼痛的感觉，但我更感到欣慰，孩子们不再需要这种辛苦，但我又担心她们的生命中缺少了一些东西。

很多时候，我怀疑自己前世就是一粒桷子米。

清明无雨

无论走到哪里，对于烈士陵园，我一直有种温暖的感觉。这也许来自多年前我常常待在烈士陵园的缘故吧。

今年清明，无雨。

去冬以来一直大旱，山崖上的刺槐花比往年开得早，那些黄色的"铃铛"早已谢了，连花瓣都没有，枝头挂满了嫩嫩的豆荚。觉得有些失落的我，突然起了念头，去烈士陵园看看。

陵园前的那株槐树早已不见了踪迹。记得那株槐树已很老了，树干很皲裂了，但每年的春天，清明时节，树上都会挂满一串串白色的槐花，清香四溢，微风一过，那些白色的花瓣儿就飘在风中，地上铺满一层的洁白。

陵园的一切还是那样依旧，两株夹竹桃更加茂盛，唯一不同的是那些石梯凹陷了很多，墓碑上的字剥蚀得无法辨认了。

二十多年前，那时我还在乡下务农，不甘心一辈子在地里劳作，于是报名参加国家自学考试，为了寻一清静之地看书，常常一个人到烈士陵园去。这里除了每年清明节那几天会有学校单位来扫墓外，平时几乎没有人来，倒是个学习的好地方。每天天色微明，我就来到这里看书，在夹竹桃下的石阶上，或坐或卧，没有人打扰，疲倦了，就靠在墓碑上闭目休息会儿，晨风里飘散着淡淡的槐花香。

我后来一直喜欢槐花，喜欢那份素雅的洁白和淡淡的清香，一种很安静的感觉，也许就来源于那段日子。很多年没有看见过槐花了，那份素雅的清香偶尔会出现在梦里。爱屋及乌，无论是高高山冈上的洋槐，还是悬崖峭壁上的刺槐，我都情有独钟，胜过对任何花草的喜爱。

陵园里的这份安静，陪伴了我两年多的自考经历。那些日子虽然很艰难，但是很充实。我喜欢读书时有一份安静的环境，静静地看书，静静地思考，或者什么也不想，疲倦的时候，就安静地闭目休息会儿，也许就是那时养成的。

自考毕业后，我就没再去过陵园了。但对陵园，我一直有一种特殊的情怀，无论何地，一看到烈士陵园，我就有份温暖的感觉。或许是怀旧，或许更是喜欢那份安静和安宁。

那些硝烟岁月早已飘散，烈士们就躺在这里，安静地休息。很多烈士，连名字都没有，但，他们曾经来过，他们曾经奋斗过，那些坚持和坚守的历史，书写了属于他们的无悔青春，所以他们的宁静里才多了这份坦然。时光就如墓碑上的那些铭文，一点点地剥蚀，唯有那份宁静永恒。

人到中年，回头看看一路走来的日子，波澜之后，一切都归于宁静。喜欢一个人在陵园里面走走，用手去摩挲那些一块一块的墓碑，所有的浮躁都会安宁下来。

这时，我仿佛又闻到风中飘来淡淡的槐花香……

吊　床

　　周末，孩子没在家，清晨起来，和老婆相约出门转转，于是来到七仙湖畔。沐着清晨的凉风，漫步在湖畔高大的香樟树小径，闲坐在码头的石椅，喜欢这里的山水和清幽环境。由于来过很多次，于是我们寻一农家小院，在一棵老黄桷树下，一杯清茶，或玩手机，或看闲书，或闭目养神，半日时光被那杯清茶泡淡。老婆说，要是把吊床带来就好了，我又想起第一次用吊床时被砸痛的屁股。

　　和老婆结婚快 16 年了。劣习不改，还是喜欢和老婆一起把休闲时光流连在山水之间。刚恋爱那时，因为没钱，两人凑了很久，合伙去宜宾购置了一辆 28 圈的自行车，于是周末的时光就搭载老婆去乡下游玩。有一次，来到高县的踏浪湖，犹豫了很久决定腐败一次，于是花 15 元钱租了一条渔船，把我们送到一处森林茂密之处，让船家靠岸，去林间游玩，在一宽阔之处，把带的干粮放下，在两棵树间拴上吊床，我先睡到吊床上，悠闲自得。老婆在旁边摇动吊床，我正美美地享受之时，突然身体下坠，屁股剧痛，惊叫起来，老婆吓坏了，赶紧把我扶起来，原来由于兴奋，吊床没拴牢，摇动时滑脱了，而我的屁股正落在那袋青苹果上，龇牙咧嘴自不必说了，老婆帮我揉了半天才缓过劲来。

　　后来我们结婚后，想过过二人世界，于是在城郊接合部租了一间屋子居住，屋外就是大山，山上春有野花烂漫，秋有满山橘子，周末就常常去山上散步，兴尽晚归屋，一碗米汤一壶凉茶，茶泡饭散酥酥，米汤泡饭喂"肥猪"，清贫而温馨的日子，乐在其中。曾写过一篇小文《婚后的日子》，记录这段清贫而温馨的岁月。

这么多年过去了，我们还是经常喜欢周末时去到山野之间，散步、爬山，远离工作，远离琐碎。偶尔也把吊床带上，每次都会记起那次踏浪湖畔被砸痛的屁股。

这张吊床，搬家几次，现在还保存着，算是一种回忆吧。

偷糖吃

因为身体原因，今年以来晚上一般不敢工作。但多年养成的工作习惯，不好一下子改过来，于是就强迫自己每晚坚持躺在沙发上看日复一日的抗日神剧。

昨晚看电视时没事，就顺手拿了块糖来吃。吃过不一会儿，牙齿痛起来，用尽各种方法也没效果，痛得我眼泪、口水一大泡，那痛苦让人想起一句老话："牙疼不是病，疼起来真要命！"刷牙、喝温水漱口、吃止痛药，没办法。女儿回家来看我的样子，建议用传统的土方：花椒，物理止疼。可是半边脸都麻木了，但痛还是没有缓解。后来被迫吃头痛粉，用头痛粉放在那烂牙齿的空隙里。到下半夜，实在太困了才渐渐睡去。

牙病长期以来一直困扰着我。每年左右两侧的大牙都要轮番疼痛。前年夏天无奈之下，拔去了右侧的大牙，一段时间后才适应了少一颗牙齿的现实。没多久，左侧的那颗还是一如既往地疼痛，想去拔了，但取牙时医生用锤子敲打残牙的嘭嘭声尚在耳畔，一直犹豫着。大年三十吃饭时，一不小心，断了，那颗痛的牙齿断了。虽然时不时还是隐约作痛，但没有原来那么厉害了。谁知这次右侧切牙旁的一颗牙齿又犯事了，还疼痛得这么厉害。

朋友关切地问："小时候糖吃多了吧？"勾起了我的回忆。

小时候，家里很穷，但家的氛围很浓。每年冬天来临时，黄糖上市了，母亲都会去糖厂买点黄糖回来，用刀分切成一小块一小块的，放在陶罐里储存着，过年时做"糙米糖"（米花糖）以及特殊节日等事情时用。那时很馋，但没钱去买东西吃，物质也很匮乏。于是就趁母亲不在家里，悄悄地去陶罐里分下一小块，用作业本纸包好，放在衣兜里。晚上睡觉时，用被盖把头盖住，啃上一口，剩下的仍藏起来，然后慢慢回味黄糖的香甜。

后来母亲要用糖时，打开陶罐，才发现糖没了。原来自己每次去分一小块，自认为没人发觉，下次又分一块，觉得自己拿的这点和罐子里总的数量相比没多大影响。殊不知，时间久了，积少成多，母亲很久没打开陶罐了，等到要用糖时，才发现几乎没有了，盛怒之下，一顿暴打，让我从小就知道甜和苦是结伴而行的。

现在很少吃糖，也许是因为物质条件很好了，也许是因为小时候糖吃多了的缘故吧。

而小时候偷糖吃的记忆就随着牙病如影随形，悄无声息地潜伏下来了，时时让我回忆起儿时的故事。

老面馒头

　　那天开车回城时，快到城边，突然看见一个中年妇女蹬着三轮车卖老面馒头，心头一动，赶紧靠边停车，同车的朋友问："干吗？"我说："等等。"下车跑到公路对面，买了十个馒头，乐滋滋地回到车上，朋友们都莫名其妙："这年头咋还吃这东西。"我乐呵呵地告诉他们："这东西特好吃。"

　　对老面馒头，我有一种特殊的感情，每当看见它，脑海里就会出现一个场景：月华似水的夏日夜里，劳累了一天的妈妈忙完家务，把躺椅搬到小院里，我们三兄妹围着躺椅里的妈妈，一边看月亮，一边吃馒头……直到现在，这一幕仍时时进入我的梦乡。

　　那时爸爸在外省工作，家里就妈妈和我们三兄妹。白天，妈妈要去生产队干活挣工分，晚上回家还要操持家务，一直要到很深的夜才能休息。如果某个月色很好的夜里，妈妈又忙完家务得早的话，有时就会舀出两斤麦子，摸出一斤粮票，我就屁颠屁颠地去镇上的小吃店换回十个老面馒头，围着母亲一边享受着美味的馒头，一边沐着月色听妈妈讲故事。这是我童年最幸福的时光。那时总想，每天都有馒头吃，多好啊！

　　初中毕业后回农村务农，后来去一家工厂打工，那活强度很大，晚上从露天料场运送渣料包去车间，一个渣料包有两百多斤，少年的我很多时候都几乎坚持不下去，但那工厂每天晚上两点多钟时，食堂会送老面馒头到工地，天天有老面馒头吃的诱惑让我一直坚持了多年。寒冷的冬夜，花 1

元钱买上两个大大的老面馒头，嚼着香香的馒头，喝一口热热的免费清汤，所有的疲惫都消散了，以至于上班时每天都盼望着食堂早点把馒头送来。多年后，打工时的种种艰辛都已遗忘了，但老面馒头的醇香至今记忆犹新。

不吃老面馒头已经很多年了。某日，和妻子在街头散步时，突然看见有人推着三轮车，边走边吆喝："老面馒头"，记忆的闸门又突然打开了，月华似水的小院里围着妈妈吃馒头的那个小孩，在寒夜里躺在露天料场里津津有味吃着馒头的那个少年……我一下买了十个馒头。面对大惑不解的妻子，我把上面的故事告诉了她，她说："我也尝一个。"我和妻子在街头旁若无人地就吃起老面馒头来，"真香"，我们相视一笑。

现在，家里的茶几上，经常都放着几个老面馒头。回家时，我就躺在沙发上，咬一口馒头，喝一口清茶，那股麦子的清香就在家里四溢开来。

记忆里的外婆

外婆已经"休息"整整六年了。

六年前的春天，天还没亮，电话响了，小舅舅打来电话说外婆不行了。全家人匆忙赶去时，外婆已经走了。听说她几乎没有什么痛苦的就走了。那年外婆九十八岁。

外婆留给我的印象就是"忙碌"二字。七十多岁时她还自己挑粪，喂猪种地，不比年轻人差，她见不得懒人，若是哪个人整天无所事事，她一定会骂人，我记得那时小舅舅一直不愿意把自己束缚在土地上，倒腾文物，做小生意，一直被外婆骂成"二流子"。

我们一天天长大了，外婆也越来越老了，她的背越来越佝偻了，挑粪不行了，她就挖地、割猪草，再后来孙辈都长大了，她几乎没什么事了，就背个稀楠背篼（竹背篓）到处捡拾有用的垃圾，去废品收购站换零花钱，儿孙们拿钱给她，她坚决不要，逢年过节强行塞给她，她就放在一边不用，她却用自己挣的钱给孙辈们买吃的、买玩具。

我结婚的头一天晚上，外婆来到我家，一定要给我一百元钱，我们坚持不要，她说这是她自己挣的，一份心意，是给外孙媳妇的，我接过那张老版的一百元钞票时，我的眼泪差一点就出来了，"外婆……"，见我收下钱，她颤巍巍地站起来就要走，怎么也留不住。

外婆没有文化，连自己的名字都写不起，但是她很重视知识，在那个艰难的岁月里，母亲他们五兄妹没有一个文盲，全都上了学，基本上都有初中以上文化，小姨还是高中毕业的。外婆总告诉我们，要多读点书，有文化才可以吃"清闲饭"，不然就要挖一辈子的"锄头脑壳"（务农）。

外婆的一生很要强。外公走得早，外婆一个人拖着五个孩子，那时小姨和小舅舅才几岁，田里、地里、家里，她一个人苦苦把家撑起来，带大了五个子女。她很有骨气，从不低头求人，想起外婆的一生，我就想起"不食嗟来之食"这句古语，我小时候，外婆就告诉过我，做人要堂堂正正，不要低三下四的。

外婆的娘家在红岩山上，相隔仅仅三十多里地，但外婆六十多年没有回过娘家。听妈妈说，在公社食堂的艰苦岁月里，大舅舅才十多岁，一次大舅舅去外婆娘家耍，临走时，外婆的娘家嫂子怀疑大舅舅偷了她家的几个红薯，后来外婆知道此事后，一直认为这是对她和她子女的人格侮辱，从此就不再和娘家来往，无论多么艰苦的日子，她都一个人支撑着，把五个孩子带大成人。

外婆性格很倔。大舅舅在县上工作，是她所有子女中条件最好的，在大舅舅四十岁左右时，和大舅妈离婚了，外婆一直耿耿于怀，此后对大舅舅就很冷淡。大舅舅重新结婚后，无论后来的大舅妈怎么对她好，她都不接受，在她的心目中，以前的大舅妈才是她儿媳妇，这一点直到她去世。她去世后，以前的大舅妈来到外婆的灵堂前，默默垂泪，深深地磕了几个响头。

外婆九十多岁了，但还是每天天不亮就背了背篼在小城的各条大街小巷捡拾垃圾，我们都担心外婆的安全，怕她摔倒了，劝不要她出来劳动，就在家里休息，可是她是个闲不住的人，舅舅姨姨们没有办法了，也就不管了。我和妻子每次见到她，都要想方设法把她劝回去，她却无论如何都不回去，在街上劝说多了，她却说："我知道了，没事，快去上班了，一会儿别人看见你和捡垃圾的老妈子在一起，丢你们的脸"，我的眼眶一下子就湿润了，外婆，小时候你就告诉过我，凭劳动吃饭，从来不丢人的，但是你却总是为别人考虑，不为自己考虑啊！

外婆很节俭。我记忆里她就没有穿过好的衣物，没吃过好的饭菜，没有享过一天的福，我们成家后，多次想让外婆来和我们住一段时间，让她好好休息休息，但是她坚决不来，虽然小城不大，她在小城的西郊，我家在小城的东面，走路也就二十分钟，但是我的记忆中，她就来过我家两三次。给她买的衣物，她也不舍得穿，她一直就穿着那件老式的蓝布衫，洗得发白，补丁垒补丁。

妻子和我结婚后，也一直很孝敬外婆，一次我们去看外婆，妻子买了点软糕，外婆很高兴，吃了很多糕点，以后父母和我们去看外婆时，就常常买那种糕点去。有一次很久没去看外婆了，周末的晚上我们买了糕点去外婆家，发现前次买的糕点都变质了，原来每次我们走后，那些糕点她都舍不得吃，偶尔才尝尝，但是变质了的糕点她都不要我们扔，她说粮食做的，不要浪费了。

外婆一直反对给她自己做生日，每年她生日时我们所有的儿孙辈都会聚齐庆祝，但是每次她都天不亮就走了，直到半夜才回来，每年的生日饭桌上都没有外婆的身影。我们都担心外婆的身体，可是她的身体一直很好，除了轻微的胆结石外，几乎没有什么大的毛病。外婆九十八岁那年，我们都在筹划着，为外婆庆祝百岁寿辰，这次无论如何她都要在场，我们还准备前一天就在外婆家住下来，让她一定参加百岁生日宴会。可是，外婆突然就走了。小舅舅说，外婆走得很突然，也很安详，没有留下一句话。

我一直没有走进过外婆的内心世界。妈妈说，她也没有。外婆家门前有个很破败的朝门，晚年的时候，她常常坐在朝门前的一个石礅上，望着远方，一望就是很久，或许是在怀念那些艰难的岁月，也许是在怀念娘家山上那些遥远得陌生的时光。我们不得而知。

但是外婆留给我的记忆，足够我一生受用。

那一段青涩的喝酒岁月

"对酒当歌,人生几何?譬如朝露,去日苦多。何以解忧,唯有杜康。"某晚,当读到曹孟德的诗时,大悟,原来喝酒可以解忧啊,朋友说:"对,一醉解千愁,喝酒!"

那时,20来岁,总是烦恼特别多的年龄,整天觉得烦恼比头发还多,不知如何排解忧愁,看见这诗,如遇知音,与我同感的一朋友,那时刚参加工作不久,大家惺惺相惜,于是决定尝试喝酒解忧。

提心吊胆地偷偷上街找一僻静的店铺打上一斤60度白酒,跑去朋友的寝室,把门关上,把两个小酒杯倒满,捧堆花生,盘腿在床上喝了起来,"哇,好辣!"朋友笑说可能是没进状态的缘故,于是熬倒(忍住)又喝,喝了几杯,头开始晕了,话开始多了,从过去到将来,从古代到现代,乱七八糟,古人那大块吃肉大碗喝酒的爽劲,还有那煮酒论英雄的豪气也不过如此吧,说笑间不晓得说了些什么,就倒了。

卷四 淡淡槐香

第二天凌晨醒来，才发现昨晚不晓得是什么时候换成茶杯喝酒的，虽然头晕呼呼的，但觉得喝酒也不过如此啊，只是醉了不好过，不是说酒量是锻炼出来的吗？为了提高酒量我们定下规矩，今后喝酒喝最高度数的，"起点要高"。那些夜晚，常常半夜敲店铺的门："老板，有原度酒（即60度以上的）卖吗？"有几次跑完小镇的店铺都没原度酒卖，我们宁可不喝，也不能喝低度的，否则我们的酒量提高不了。可是直到多年以后我戒酒为止，我的酒量还是2两就醉。后来我们又总结，看来这喝酒是需要天赋的。

我的印象中，每一次喝酒的结局，都是非常悲壮的，从没清醒地下过战场。一次在春节后上班，朋友邀请聚聚，我下班后赶去时，10来个人已经全都坐在桌子上等我一个人了，大家纷纷叫嚷罚酒，那时的我年轻气盛，不就是喝酒嘛！喝！连喝三杯后主动挑战。

结果酒还未过三巡，就已经倒下，感觉头痛头晕不停呻吟，朋友们吓着了，几个人把我架起来就往医院拖，等朋友们去找医生了，我摇摇晃晃地从二楼跑下楼，刚到楼下就走不动了，倒在楼前的花园里睡着了，朋友们回来不见人四处寻找，结果看见花园里伸出一双脚才把我找到……醒来时已经是第二天了，躺在朋友家的沙发上，地上还有用炭灰覆盖的呕吐物，昨夜什么时候醉的？醉成什么样子？已经完全没有记忆了。

最惨烈的一次是1998年去内江办案，案子办完后，做东请朋友们吃饭，桌子上八个人，为了表示我的感谢之情，非常豪爽地每人敬酒三杯……结果醒来时已是第二天早上天亮了，把宾馆的房间弄得一塌糊涂，担心被要求赔偿，从门缝窥见服务员不见时，蹑手蹑脚地溜出来一路狂奔。

回来后，胃大出血。再后来，肝脏、心脏先后出了毛病，从此彻底告别了喝酒的日子。

刚戒酒的时候，每次外出吃饭，都要把诊断证明书随身携带，上桌子就申请当场出示"证据"，费尽口舌才能逃脱喝酒。中国人的习俗"无酒不成席"，因为怕喝酒，就不敢在外面应酬吃饭，渐渐地养成了基本不在外面吃饭的习惯，朋友们也知道我的身体状况，不再劝我喝酒，而我也养成了工作之外就散步、看书的习惯。

这几年随着法治的进步，酒后猝死导致同桌吃饭的人都承担责任的案例渐渐多了起来，醉酒驾驶入刑的"危险驾驶罪"成为常见的罪名，甚至一些律师也因此被吊销资格失去饭碗……酒桌上变得文明起来了，不再想法劝酒。

酒桌上谁又没几次悲壮的时候？人生谁没做过几件糊涂事？等到往事依稀之后，才知道"举杯消愁愁更愁"。但毕竟那是一种人生经历，至今仍怀念那一段日子。

病中杂记

一夜的微雨，秋天就这样在悄无声息中到了，轰轰烈烈的夏天在连续几日的秋雨中消遁无形，今年被不断刷新的酷暑高温，也就成了一种记忆。听着窗外的檐雨滴答声，背部的酸痛加剧，辗转反侧无法入眠。梦中的妻子被惊醒，叹息一声，一会儿又沉沉睡去。

我这毛病已是多年，大约是二十岁时，一天我去姑姑家复习自考，走到半路，背部肩胛酸痛难忍，我蹲在地上呻吟，姑姑路过问我咋啦？我告诉姑姑症状，只记得姑姑惊诧地叫了一声："这娃娃，才多大啊，就遭风湿了？"这是我第一次知道我的病叫"风湿"，从此这个病就一直缠绕着我，从未离开，近些年是越发的严重了，睡梦中常常被痛醒，迷迷糊糊之间，就老是想起那些久远的往事。

十四岁，我初中结业，回到农村务农，空闲时到纸厂去打工，那时年轻，深夜上班困极了时，随地一倒，在麦秸或蔗渣里睡去，醒来身上常常是一层露珠，那时不觉得身体有什么异常，一声吆喝，翻身起来就推上架车往车间里送草料。凌晨的寒风里，食堂到工地上卖馒头，一元钱买上俩馒头，舀上一大碗免费的清汤，觉得就是一种莫大的幸福。

困极了倒地就睡这个很坏的习惯，很长时间都没有改过来，后来调到一个单位去做办公室秘书，这时，我已经考上律师资格，在做兼职律师，偶尔上班时间会出去跑案子，为了避免同事说闲话，自己主动承担了几个岗位的工作，加班加点地做，晚上加班累了，就把几个沙发坐垫放在地上做成简易床铺，倒地就睡，这恶习，直到后来和妻子恋爱了，在妻子的强烈反对下才渐渐改正过来。

我们家尽管住在小镇上，但没有自己的房屋，租赁了两间公房居住。房屋很潮湿，房屋的一堵墙是靠土坎修建，一年四季，即使外面是大太阳，屋里都是潮湿的，我就在这样的环境里长大起来。后来和妻子结婚时，家里在我住的那间屋墙上钉上层板装饰，并用白涂料粉刷，水泥地面上铺上一层牛毛毯，小屋虽然简陋，倒也挺温馨的。可是才两年，地面仍然湿滑起来，木柜子里的书全是潮湿的，装订处的订书钉将书都锈烂了，心痛得我不行。

一天晚上，天降暴雨，屋子漏得不行，父亲架上木梯去捡漏雨处的瓦时，不小心摔下来住了一个多月的医院，半年多才康复，面对开始年迈的父亲，我有些自责，加之这时女儿已经出生了，担心女儿也被染上风湿，和妻子商量，分期付款在新城区购买了一套楼房，从此再也不受屋顶漏雨、地面湿滑的折磨。

但是，风湿这毛病却如影随形，只要天气变化，就开始酸痛，朋友们都说我是天气预报，基本上很准确，只要酸痛加剧，短时间内一定会下雨。最怕的就是秋冬季节，连日阴雨，严重时手都举不起来，连毛衣都脱不掉，握笔写字都是件困难的事。

这毛病，白天还好些，可以强忍，但是一到半夜就无法忍受，实在熬不住时，会不时呻吟，这样会觉得好过些，原来，人在夜半的时候，意志力是最脆弱的。

由于环境恶劣和年轻时过分地透支身体，各种毛病一直不断。这几年开始养成散步的习惯，因为本身喜欢文字，所以更喜欢在山水间慢慢地一路走去，呼吸新鲜的空气，让身体得到调节，更是在山水间散去工作带来的疲惫。尽管这样的调整让身体比以前好了许多，但是"风湿"这个老朋友却越发的严重了。难道朋友之间友谊随岁月而深厚，"风湿"也可以这样的不离不弃吗？

那晚半夜，我又在痛中醒来，想找人说说话，减轻痛苦，于是摇醒妻子，我告诉她，我这一生，经历了许多人和事，逆境过，顺境过，但一路走来，总体可以用"平淡"二字概括，没有波澜起伏，没有跌宕坎坷，不温不火，不喜不悲，这正是我喜欢的宁静生活。许多的事情遭遇了又过去了，新朋友也变成老朋友了，但一直陪伴着我的只有两样，一是亲人，这是我最骄傲和欣慰的事，二是"风湿"，这是我最痛苦和糟糕的事。这两者让我对生命有了更多的认识，珍惜生命、善待亲人。我自言自语说了半天，回头看去，妻子早已沉沉睡去，脸上挂着一份安谧，其实，这样宁静的时刻，不正是我需要的吗？

　　今年的秋天，以一场数日不去的阴雨开始，在窗外滴滴答答的夜雨里，我忍着肩背部一阵阵袭来的酸痛，期待黎明到来。六点多了，起床去叫醒女儿，她赶往学校上早自习的路上，有寒风也有一地的湿滑。这一切，需要她独自面对。

携妻带女春游去

女儿很喜欢爬山，平日里许诺带她爬山，比买东西之类的许诺更让她高兴。三月，正是春暖花开的日子，一个周末，携妻带女一起春游去。

下了公路，沿溪而行，约二公里，就到了我们准备攀登的山脚。山脚处有一个山洞，洞里流出的一股泉水四季不涸，被精明人开发成天然矿泉水。在山洞处掬一捧泉水尝尝，甘甜可口，神清气爽，看着高高的大山，女儿似乎等不及了，连声催促，那猴急样，让我们忍俊不禁。稍事休息，就开始爬山了。

山很陡，一开始就像要给人一个下马威。一条茅草小径从岩壁崖边之之拐拐地向山上延伸，还未到半山腰，就已累得直不起腰，直喘粗气，我那才四岁的小女不让我牵着她的小手，坚持要自己走，还要走前面，说是给我们带路，进入自然的她，比我们还高兴似的。听到妻子连连叫累，她竟然故作深沉地说："还是大人，看我都没叫唤呢？"让我们不禁大笑。

就这样，伴着笑声和喘息，相互牵引和搀扶的我们终于登上了山坳。

山梁上是一大片茶园，一行行茶垄像一条条碧绿的绸带，缠绕在大山身上，让大山少了几分粗犷，倒多了些许灵秀。近看时那经过修葺平整的茶树上冒出了星星点点的嫩芽儿，禁不住心痒痒的，心痒不如手痒，学着采茶姑娘的样子采摘起来。我把一枚嫩芽放到嘴里细细品尝那苦涩的清香，一旁的女儿也学我的样子把一枚茶芽放在嘴里咀嚼，马上苦得她直吐，还伸小手在嘴里直抠，皱着眉头说："好苦啊——"把妻子逗得笑弯了腰。

　　山坳里居然住了几户农家，几声犬吠，一串鸡鸣，一个小姑娘背了一个竹背篓从屋角竹林后闪出来，屋前屋后几树梨花李花像几朵白云飘在农舍边，让人怀疑是到了"桃花源"了，看我发呆，妻子拽我一下"走啊，女儿跑到前面去了"，我才回过神来。

　　绕过农家，穿过一片青青的麦苗地，顺着山梁爬上去，我们就进入了森林。这片森林沿山梁延伸，林中的寂静和清新的空气让人心旷神怡，我忍不住躺下休息，尽情地享受那份宁静。闭上眼，进入一种物我两忘的境界。女儿却不知疲惫似的，比我还兴奋，向那野草丛生的林间跑去，妻子不放心忙追了去，我会心地笑了起来。一会儿，母女俩捧了一大把苇絮都已散尽的芦苇和野花、野草回来，女儿的头上戴着一个用藤蔓编的花环，上面插满各色的野花，脖子上也挂了一根开满野花的藤蔓，像两个仙女出现在林中。"爸爸，好看吗？"女儿稚嫩的声音问我。"好看，好看，爸爸的小仙女。"我连说，把女儿抱在怀中，妻子则静静地依偎在我的身边。这一刻，我感到一种从未有过的幸福，这就是我要的生活啊！在这个大千世界，每人都有自己不同的活法，或官场争斗，或商场打拼，为金钱为名利，或曰为事业，而我只需要这种家人相依的日子，我并非没有事业心，但我觉得一切都应该服从、让步于拥有一个温馨宁静的家，这比什么都重要，人得到一些的同时总会失去另一些，这个世界总是辩证的，也是公平的，关键是要有一份好的心态。

　　沿林中小径，我们一家三口慢慢地散步，不时提醒快乐得忘乎所以的女儿注意安全。不知不觉偏离了小径走到林子边缘，眼前豁然开朗，视线很好，没有任何遮挡，脚下是数百米高的悬崖，俯视之下，农舍就如小盒子一样，而人，就像蚂蚁那样在田野上蠕动，"一览众山小"，我的脑海中无意间就联想起这句古诗。而我们不也是那"蠕动的蚂蚁"中的一只或两只吗？在我们爬行的旅途中，有人陪着与你一起欢笑一起分忧，或者像我们今天一样，放下一切琐碎的事务出来春游，不是一种真正的快乐吗？

下山的途中，女儿说："爸爸，你休息时再带我来爬山。"我在女儿脸颊上亲了一下，说："爸爸一定！"女儿生怕我反悔伸出小手指要我拉钩，我把手指和女儿的手指钩在一起。"拉钩，上算，一百年不反悔"，女儿稚气的声音在山道上响起……

芦花飞扬的日子

十月的季节，秋高气爽，三五好友相约，走，看芦花去！

那座小岛不大，远远望去，布满鹅卵石的河滩上生长着茂盛的芦苇，正是芦花飞扬的日子，白茫茫漫无边际的芦花将整个小岛变成了名副其实的芦花岛，盛开的芦花，像云一样美丽，却又多了一份云的飘逸，像絮一样洁白，又多了些絮的轻灵，孩子们的尖叫和惊喜之情溢于言表。

一叶扁舟将我们载于江之上，而桨声和涛声已听不见，眼中脑中只有那美丽的芦花。

这真是芦花的世界，芦花的王国，孩子们在芦花间窜来窜去，大人们唯恐芦苇的叶片不小心割破了孩子的脸手，孩子们却全然不顾，钻进芦苇丛中不见了，不时传来他们欢喜的笑声。

天气很好，芦花变得很蓬松，轻轻的一阵河风让天空飘满了星星点点的芦花，随风飞扬的不仅仅是芦花，还有我们那么挚的心情。是啊，人到中年，便少却了许多的激情和冲动，虽然我们要面对生活的艰难，面对工作的挑战，更要面对家庭的琐碎，在这个节奏太快的时代，在这个时时都在打拼的社会，我们常常让疲惫占据了我们的时间，占据了我们心灵的空间。很多的作品中都把芦花和年轻联系在一起，认为芦花就是年轻的代名词。从这个意义上说，芦花已远离了我们。

芦花的花期很短，只有半个月左右，真正盛开不足一周，我一直钟爱芦花，是因为它给予了我太多的感悟，我写过很多芦花的文字，有在风中浪漫在雨中憔悴的芦花，有从秋日倚梦中走来的芦花，有在冬日萧瑟中固守那份悲壮的坚守的芦花……不同的芦花，代表了我成长过程中不同的心态。

今天我们又一次走近芦苇，在孩子的笑声中，我们似有所悟，孩子们的笑声是不加修饰的，孩子们的欢乐是毫不掩盖的，很多时候自认为悟透了生活真谛的我们其实是很懵懂的，在我们成熟面具后面还不及这些孩子聪慧。生活就是这么简单。简单的笑，简单的乐，简单的放松，简单的生活。

面对这美丽的芦花，我们有什么理由让自己置身其外，融入芦花，也融入了孩子们单纯的快乐里，穿行其间，感受那飞扬的芦花，让芦花将我们包围，将我们湮灭。

在我书房的花瓶里，有一束芦花，每当疲惫的时候，就想起芦花飞扬的日子里孩子们的笑声，我也变得莫名地快乐起来。

攀登南红岩

2月19日，周末。带女儿和她的同学们去爬可久南红岩山。

昨晚，女儿放学回来告诉我，说下周正式开始上课了，寒假的作业太多，辛苦了，让我明天带她和她同学们去爬山。今早起来天上下着小雨，考虑道路泥泞，临时决定攀登位于可久（古名柯巴，曾为唐时县名）的南红岩山。山上有一座建于清初的著名庙宇——半边寺，依山而建于高耸险峻的绝壁之上，由于地势狭窄，因此，将房梁嵌于崖壁上修建，只有半边屋子，故名半边寺，可见其险峻。庙里的菩萨都是在整块的巨大红色崖壁上雕琢而成，工艺精湛，毁于火灾，后又经历"文革"劫难，余下的菩萨至今仍栩栩如生。由于距离县城仅半小时车程，近年来，附近地区的游人喜欢在节假和周末来度假，既可攀登那1098级石阶锻炼身体，又可呼吸乡村的自然气息。精明的乡人也就因势开展了旅游服务，在山顶的庙宇原址塑了一尊菩萨，建了一处简易农家乐，可以接待游人吃饭，还有木板楼可小住。

我很担心孩子们爬不上那么高的山，当4个孩子和我开始爬山时，我就告诉孩子们，数一下究竟这石梯有多少级，每攀100级就做个记号，休息两分钟继续攀登。呵呵，孩子们只管数数，1、2、3……竟然很快就攀上了顶。

拜了菩萨，稍事休息，我们又转到旁边的茅草小径看看，不想竟然勾起了我们的好奇心，沿着那陡峭而杂草丛生的小径转到后山去，那从杂草里踩出来的小径有时连脚也放不下，孩子们的好奇心大增，沿路而去，脚下就是万丈悬崖，很吓人，但孩子们一点也不怕，互相鼓励，还争着去探路，在危险的地方留下记号。边走还边念叨"世上本无路，走的人多了便成了路"，"每一步都要脚踏实地，不能大意"，"危险就潜伏在身边无处不在"……呵呵，十二三岁的娃娃们都成哲学家了。很快，露水打湿我们的裤子和鞋子，衣服上也勾满了野刺，有的手上、脸上也被野刺挂伤。走了半个多小时，前方已无路，想继续又担心孩子们的安全只好沿路返回。

回到半边寺时已时中午1点半了，又累又饿。去到旁边的农家乐，我们开玩笑说那是新龙门客栈。叫那位大娘赶紧为我们炒了几个小菜，嘿嘿，居然还有腊肉，等了半个小时，菜炒好了，炒土豆、炒白菜、炒腊肉、小白菜汤……风卷残云般三下五除二，每人都吃了两大碗饭。

吃饱饭，已是下午快三点了，恢复了体力，开始下山。

仍用开始的办法，寻找我们留下的记号返回，1000步、900步……越来越少，回头看看，哇，孩子们惊呼，"好高呀，我们从云里下来了"。女儿叫着"我屁股疼啊"，其他同学说，"我们脚杆痛啊"，在"脚杆""屁股"的嬉闹中，终于下到了山脚，孩子们说"我们感觉站住不动，双脚都在抖动"，但是我在孩子们疲惫的脸上看到写满了快乐和兴奋。

只要有心，快乐其实很简单。现在的孩子们也很辛苦，学习压力很大，周末的时候父母能抽点时间陪陪孩子也是减压的方式之一。

孩子们快乐就是最大的快乐。

赶　场

　　川南一带乡村，每逢一、四、七或者二、五、八等日子，村民都会带上自产的蔬菜瓜果、乡土特产等到集市交易，这是市场经济前农村几乎唯一的经济来源，换来的钱又买回家庭必需的生活用品和各类农业生产资料，称为赶场，北方称为赶集。赶场的日子，除了交易，老友相聚，还可以在茶馆泡杯茶，叙叙旧，联络感情，在信息封闭的时代，赶场还可以起到了解各类信息的作用……特别是在各类传统节日前的赶场日子，集市上更是热闹非凡。随着社会的进步和城镇建设的发展，赶场的功能已经逐步退化，尽管只是在偏远的乡镇还保留赶场的习惯，但是已经远远没有了以前的内涵。

腊月场

　　腊月二十八，快过年了。想来此时的集市上已经很热闹了。

　　吃过早饭，赶场去。

　　走到街头，就被浓浓的年味包围，熙熙攘攘的人群，街道拥挤不堪，各种物品琳琅满目，卖春联的、卖鸡鸭的、卖扎耳根的、卖豌豆尖的……街边的角落里，一个落魄的老人，摆了个地摊子，在卖一些很破旧的杂志，蹲下去翻翻，全是些没有什么价值的过时杂志，于是起身仍旧在人潮里漫无目的地走着。

其实我什么都不买，该采购的一应物品，家里人都采购齐全了。我在拥挤的人群里被背篼或者篾篼挤来挤去，却有些似曾熟悉的味道，就为感受那份喧哗和热闹，吆喝声，讨价还价声，小儿啼哭声……我被淹没在这份乡土的气息里。

我喜欢赶场，特别是乡镇的那种场。老婆很是不解，我是一个喜欢清静的人，不喜嘈杂，更不喜欢逛街，为什么却一直喜欢赶场？

其实我也说不清为什么就喜欢赶场，但每当看见一些很乡土的东西时，总有种熟悉的感觉，那刚从山野里挖来的竹笋，那散发着田坎味道的扎耳根……都会让我驻足很久，有时还会多少买上一点，无论家里是否需要。

一个大娘在街边卖花生，一看就是那种很纯正的乡土炒作方法炒制的。小时候，最幸福的事就是我带着妹妹们炒花生，秋天花生收获后，妈妈把来年留种的花生选好留下后，剩下的花生就用麻袋装好放起来，过节或有客人来时，就会炒些焦花生待客，我十多岁时，就承担起炒制花生的重任，用背篼从山上背回一些页岩沙土，放在铁锅里翻炒，妹妹们就负责在灶前烧柴火，我负责炒制花生，待沙土炒热后，将花生放到沙土里一起翻炒，炒到一定程度时，剥开一颗尝尝，如果花生有些脆而绵软时，就合适了，赶紧起锅，用筛子将沙土滤去，把花生在地上摊凉就成了，起锅的火候一定掌握好，起早了花生没焦（脆），起迟了就会糊了。这样炒制出来的花生，完全利用沙土的热量将花生烫熟，受热均匀，壳子上看不出炒制过的痕迹，和生花生一样，吃起来特别脆，特别香，小时候常常让我们馋得流口水。

那位卖花生的大娘旁边，还蹲着一个小男孩，估计是大娘的孙子，偶尔趁大娘不注意，从袋子里抓几颗花生悄悄吃着，我会心一笑，小时候，刚把炒好的花生放在地上摊凉时，我和妹妹们也是这样子，忍着滚烫，抓起几颗还未摊凉的花生就开吃，妈妈直说还没焦，我们全然不顾，仍然吃得津津有味。

我喜欢赶场，每到一个乡场，是一定要去走走的，感受那种氛围，偶尔看见卖黄糖（红糖）的，或者野果的，也会买上一点，丢在嘴里边吃边逛。

　　对于乡场，我总是兴趣浓浓的，还曾经开车跑数十公里，到云南盐津的兴隆场去赶场。这是一个位于川滇交界处的乡场，穿越绵延不绝的群山，赶到时都快散场了。行走在这古老的乡场上，到处是那种很古旧的建筑，但是街道上找不到儿时的那种感觉了。场边上有一个开放式的很大的屋子，只有墙柱，没有墙壁，估计有三四百平方米，除了几个卖草药的外，显得很空旷，据说这应该是以前的猪市之类的集贸市场，小时候我们家附近的集镇上也有个这样的猪市，赶场天人声鼎沸，买猪的卖猪的挤得水泄不通，很多年没见这样的建筑了，一下子觉得时光流转的感觉，在这里转来转去舍不得离开。老婆在远处叫我，我才赶紧过去，那里是一个农贸市场，各种农副产品琳琅满目，品种丰富，但多是批发回来的大棚蔬菜之类的，没什么看头，看来想找找小时候的乡场已经是一种奢望了。市场的一处旮旯里，有个大娘在卖竹笋，很新鲜，应该是刚从地里挖回来的，还带着新鲜的泥土，我们把这十多斤竹笋全都给买下来，也算是收获了。

　　"噼啪"，一声脆响吓了我一跳，我已经又走到了县城的农贸市场，一些小孩在巷子里嬉闹着放鞭炮。哦，快过年了，这是今年的最后一个场期，称为腊月场，所以非常热闹。

　　我继续漫无目地又兴致勃勃地在市场上转来转去，感受那种久远的乡土气息。

　　我喜欢赶场，喜欢那种被浓浓的乡土味道包围的感觉。

端阳场

　　今天是端阳节，天色微明，刚想起床去赶端阳场，窗外淅淅沥沥地下起了端阳雨。

　　端阳节，又名端午节。在川南乡下农村老人那里，他们不知道屈子是谁？更不知汨罗江。他们只知道这是一个驱邪避灾的日子，这天除了吃粽子，喝雄黄酒，挂香包，用陈艾、蛇牙草、紫苏等各种草药煎水洗澡。端阳前后都会涨洪水，称为端阳水，自此节令进入盛夏。

赶端阳场，是川南民间的一种风俗。记得儿时，端阳节的头一晚，母亲就会催促我们兄妹早早睡觉，第二天早上比谁起得早，就可以在屋檐上看到"端阳公公"和"端阳婆婆"，看到的人就会一年好运气。端阳公公和端阳婆婆是一种虫子，外形如棒槌，长约三五厘米，身上呈现黄绿色或褐红色斑斓色彩，头部长着两根长长的触角，如舞台上的古代人物帽子上的两根羽翎，儿时的我们很是喜欢，不过能找到端阳虫的机会很少，一旦找到，我们兄妹就会把它放在洗衣台上，围着逗它，带来一段欢乐的时光。

天色还没有大亮，母亲就会带我们去镇上，镇上的几条街道上都会非常热闹，两旁摆满了各种各样的草药，这一天"见青就是药"（"青"指中草药），整个街道上弥漫着一股浓浓的草药清香，我特别喜欢这种味道。一些老人坐在街沿边，面前那个竹篾编成的竹筛子里，摆满各式各样的香包和用废纸包好的雄黄粉末，香包是用破布做成的，颜色各异，多数是心形的，偶尔有做成猴子形状的，里面装满香料，远远地就可以闻到独特的芳香，母亲总是给我们兄妹各买一个挂在胸前的纽扣上，我们就非常自豪和满足。第二天去读书时，还要和同学们炫耀，那时一毛钱一个香包还不是每个孩子都可以享受的。

赶端阳场的主要目的是买草药，母亲总是会买上两把菖蒲和陈艾，再买上一大把草药，然后回家将陈艾和菖蒲捆扎成一只狗的形状，称为艾狗，在狗嘴部分挂上一小块蘸了雄黄的肥肉，然后将艾狗挂在门楣上，母亲说艾狗可以看护家门，驱邪避灾，狗嘴里放上肥肉，可以为家里带来财气。到了晚上，母亲总是熬上满满一大锅的草药汤，一家人用草药汤洗澡，洗去污秽，还可以辟邪。

后来十多岁时，读了些书，知道了端阳节的来历，那时，每到端阳，多数时候都会下雨，我家的小院里栽种了一株夹竹桃，在微雨中总是洒满一地凋零的花瓣，于是看着雨中的夹竹桃和墙上的艾狗，总是无端地觉得这个日子有一丝伤感的味道。

或许是受儿时的影响，后来长大了，成家了，我总是喜欢赶端阳场，几十年来一直都没有中断这个习惯，现在早已没了儿时的老屋，也很多年不见端阳虫了，但是每到端阳节那天，我总是一大早就会去赶场，流连在摆满草药的街道，慢慢地走，慢慢地感受，那种草木的清香。虽然不再买香包，也不喝雄黄酒，但是菖蒲和陈艾是一定要买的，艾狗我是扎不来的，只好简单捆扎下就挂在屋门前。

窗外的雨仍然淅淅沥沥地，看样子一时半会儿不会停止，我和妻子打着伞来到老城的街道，远远地就闻到熟悉的草木清香，半条街上都是买草药和卖草药的人，但没有了我儿时那份热闹景象。卖草药的多数都是五六十岁甚至七八十岁的老人，一旦有顾客停下来询问，他们便会津津乐道地告诉你，这种草药是治咳嗽的，那种草药是治皮肤病的……街角蹲着一个满头白发的老人，披着一张塑料布，发梢上挂满雨珠，挽起的裤腿上沾满黄泥，面前一大堆的草药，我们选了几株菖蒲和陈艾，老人帮我们捆扎好递给我们，礼貌地道一声慢走。突然间，我觉得再过十年八年，还会有人赶端阳场吗？还会有人卖草药吗？

此刻的乡下，抽穗的玉米正戴着红缨，地边的坎子上爬满了丝瓜藤、南瓜藤，那些黄色、白色的花儿，有些寂寥地在微雨中盛开……

老表

周末，朋友相约，两家人一起下乡去走走。这是一个中二型水库，环湖皆是公路，呼吸着清晨的空气，透心的舒适。湖光山色，微岚薄雾之间，暮春的草色滴翠。各色野花不逊于初春的景象，枝头挂满了蓓蕾样的果实，整理好的水田如明镜般安谧，就等待着农人插秧了。一些垂钓的游客，和湖水里的鱼儿们比着耐心。沿湖而去，我们享受着这份乡村的宁静。

瓦屋一间，鸡鸭三二，面向湖水，炊烟袅袅。湖畔散落着一些零落的民居，仿佛一位丹青大师，把它们随意地置放在山水里，这画，一下子就生动起来了。农闲时每天都在湖畔甩几竿的大妈，几条鲫鱼足可乐悠，刚建了新居，憧憬着安装天然气的大婶，眼角的笑意……一路走来，一路和农人闲聊，我们感慨这俗世红尘里的桃园生活。

山坳间，有一处朽落的地主庄园，曾经的辉煌也不过是过眼烟云，能留下的痕迹，就一些青石而已。喧嚣浮华，甚至抵不过那些柔小的野花，岁枯岁荣，依然可以淡然地盛开，在石缝里蓬蓬勃勃。

绕过一道湖汊，两栋紧邻的二层楼房出现在眼前，宽敞的院坝里，一位老人坐在木凳上吧嗒吧嗒地抽着旱烟，老伴在旁边喂着鸡食。一路聊来的我们想了解下这里的民风民俗，便上前和老人搭话，没想到二位老人很热情，为我们端来茶水板凳，邀我们坐坐。老人很健谈，七十有二了，身体还很硬朗，早上六点多钟就去赶场，刚从乡场回来，割了点猪肉，买了点零碎用品，一来一去，三四公里，走路就花了一个多小时，我们关心地问老人累不？他说这算什么，年轻时还去山上的森林里打野兽，满山跑，现在跑不动了，不过这点路根本算不得什么。闲聊间，老人说他姓严，正好我妈妈也姓严，按照风俗攀起字辈，居然是平辈的，老人乐了：原来是"老表"！这下子，老人坚持不让我们走了，既然是"老表"来了，稀客，无论如何留我们在他家耍，盛情让人无法推辞。反正是下乡休闲了，婉拒不了，不如就在"老表"家耍耍吧。

"老表"说前段时间才去县城来，去订购族谱，去年刚刚修订了族谱，还是买一本回来，让儿女们了解下。"老表"很开朗，也喜欢说笑，他不是本地人，妻子是附近的人，妻子舍不得离开当地，于是结婚后自己就从老家迁来这里，建房定居下来，因此这里只有自己姓严，"老表"幽默地说："村民们都不跟他的姓。"朋友也幽他一默："那你也就不跟他们姓了？"引来一阵哈哈大笑。按照风俗，平辈之间，不分年龄都可以开玩笑的。

"老表嫂"端来花生，"老表"和我们聊了起来，"老表"有四个儿女，儿女们都快五十了，两个儿子和儿媳都在外打工，虽然儿子们都只有小学文化，但是肯学肯钻，现在贵阳那面建筑工地上打工，大儿子做到管理人员了，孙子在外面读建筑学校。儿孙们很少回来，去年两个儿子先后修了两栋楼房，过完春节又出门打工去了，只剩下两个老人在家看守房屋，土地都流转了，平时没什么事，就房前屋后做点农活儿，"老表嫂"养了几十只鸡，"老表"偶尔就去湖里钓钓鱼，生活也还怡然自得。"老表"说现在的政策好啊，几千年的皇粮国税不但不上了，政府还倒给粮食补贴请农民种地，公路修到家门前，很方便了，下雨天出门都没有泥浆了，去年修房时，仅仅是建筑材料的搬运费起码都节约了近万元。还有农村医疗保险，去年"老表嫂"生病住院用了三千多元，农合报销了两千多元……"老表"很健谈，话匣子一打开就没个完，从现在聊到几十年前，老龙门阵一茬一茬的。他说以前乡间解决矛盾纠纷的办法很简单，如果村民之间有了矛盾纠纷，干部把全队的村民集合起来，听双方陈述评理，谁输了谁负担全队村民的工分，一次下来就是一百多个工分，相当于一个壮劳力两个月的劳动就白干了，所以很多小矛盾纠纷，村民之间就各让一步化解了。这办法让我们笑得直不起腰来，最淳朴的民风，最有实效。

"老表"很乐观，我们说你这样子再活二三十年没问题，他哈哈一笑，恐怕活不了这么长了，不过开心是一天不开心还是一天，为什么不开开心心地活？现在日子比以前好到哪儿去了，多活一天算一天。正闲聊间，"老表嫂"大声吆喝"老表"去屋后竹林里挖几根苦竹笋，兴趣盎然的我们一起去挖来竹笋剥好，也不把自己当外人了，叫两位老人休息，一边帮助烧火，一边自己上灶，炒腊肉、炒肉丝、回锅胡豆、清炒苦笋、海带炖鸡，一桌丰盛的午餐让我们垂涎欲滴，把木桌搬到敞坝里，"有吃不瞒天"，其乐融融的场面，过路的游客一定误认为我们是一家人。

素昧平生的我们，因为一句"老表"，受到两位老人的盛情款待，觉得很歉意，准备付给"老表"一点伙食费，"老表"坚持不收，"你给钱就没把我当老表了，下次就别来了"。话已至此，我们不再坚持。

午饭后，告别两位老人，告别这份湖光山色，朋友说这"老表"太让我们难忘了，其实我们收获的不仅是一顿午饭，而是一种对生活的态度。是啊，心态一变天地宽，我们往往是被自己内心的欲望俘虏。每个人的心底，其实都有一处桃源，只是我们是否发现。于是我们在红尘里追逐、疲惫，在这淳朴的"老表"面前，我们明白了这个最简单的道理。

卖春联

　　腊月二十八，再忙，每年到这一天我都会给自己放假，结束一年的工作。带上孩子去集市上转转，感受节日的气氛。

　　这几年，我所在的小镇已经成为县城，在县城的街道上走走，却感受不出什么节日的味儿。拐进农贸市场，这里还是一如既往的热闹，随便一处空地上都是摊位，卖各类时鲜蔬菜、腊肉香肠、黄粑板鸭的拥挤不堪，卖年画和春联的地摊前也围满了人群，这个买几张年画，那个买几副春联，卖的人随手抓几张递给顾客，买的人也不问什么内容，随手装进背篓。仔细瞧瞧，都是印刷的，根本没有手写的春联，问问买春联的人春联上写的是什么内容？买的人说不知道，笑笑"就是个传统，图点喜庆"。

　　"传统"，我忽然有些茫然。记忆里，传统的过年，就是"秋腊肉"，穿新衣，放鞭炮，贴春联，一家人围在一起吃团年饭摆龙门阵，那时的年味儿很浓。特别是贴春联，我们这儿把春联叫"对子"，家家户户每到过年，再穷的家庭，都会买上两张红纸，请附近有点文化的人写几副"对子"，腊月三十那天，把家里的大门小门都贴上，猪圈羊圈上都要用巴掌大的红纸写上"六畜兴旺"，不然就没有过年的气氛。

　　集市上，有点初通文墨的人都在年前出来摆个摊写"对子"，找点"红萝卜"钱（挣过年钱）。所谓的摊子，就是搬张桌子，上面放个粗碗或者用碗底做个简易的砚盘，一支毛笔，几张红纸，放本春联集成的书，摊子就可以开张了，如果有人的摊子上摆放一个正儿八经的砚盘的话，那这个人一定是个文化很高的大家了，让人羡慕得很。

一个不起眼的拐角里，一个老年人摆了一个小摊子，孤单单地坐在那里，摊子面前放了一张红纸"免费写春联"，可是摊子前一个人都没有，而旁边卖印刷春联的摊子却生意火爆。

20 世纪 80 年代末期，我和几个爱好文字的朋友正兴趣十足地写诗，还自己油印了一本小册子，反复讨论最后定名《红叶集》，于是把我们这个小集体（那时还没有社团或沙龙的概念）叫作红叶文学社。有一年春节前，红叶文学社的几个成员凑在一起聊天时，说起街上那些人写的"对子"文句不通之时，一时兴起，我们有这么好的优势，为什么不去实践一下？说干就干。节前不分赶场寒天（乡场是逢单或逢双号，不赶场的日子称为寒天），天天都是赶场。买来纸笔，腊月二十六，我们的摊子就开张了。四个人根据特长分工，有的招呼客人，有的执笔写字，有的创作"对子"，我们最大的特点是可以根据客人的要求即兴创作，一时生意火爆。摆了三天摊子，居然挣到 100 多元，每人分到将近 30 元，那时一个国家公职人员的工资也才几十元，30 元可算是一笔巨款了。我们还沾沾自喜，我们挣的不仅仅是钱，用我们原创的"对子"抵制和减少了那些胡编乱凑的"对子"，我们还弘扬了传统文化。于是相约，明年再来，提前几天干，也许生意会更好。

第二年腊月，因为这样那样的原因，卖"对子"的"生意"没有做成，从此这"生意"也没人再提起。随着时光流逝，一晃就快三十年了。

前几年，我和几个朋友在网上倡议免费为群众写春联活动，得到县上的几个书法大家纷纷响应，大家买来红纸，春节前在街头写春联，围观群众水泄不通，纷纷索要，半天工夫，三个老师就写了 300 多副春联，累得几乎手抽筋，但是看着喜笑颜开的群众，大家都很欣慰。这几年每当看到书法家们节前组织下乡场为群众免费写春联的新闻报道时，都会勾起一段温暖的回忆。

女儿拉着我的手，催促我快走，我回头望望那个写春联的摊子，摊子

卷
四
淡
淡
槐
香

前仍然没有一个人，写春联的老人在寒风中拢着袖子孤零零地坐在那里，和周围的热闹喧嚣形成鲜明的对比，我没有来得及走过去和老人寒暄几句，但是心底，对他生出一份深深的敬意来。

六一儿童节

当车子在蜿蜒盘旋的山坡上爬行时，终于明白一个词：斗曲蛇形。这是一条刚修好的乡村公路，爬上陡峭的山路就到了山梁上，公路或高或低地沿着山梁向更深的大山深处延伸，我们的车队像一串蚂蚁在蠕动，更像一叶扁舟在大海的波浪中前行，从车窗望出去，四周都是茫茫无垠的群山，一座山脉连着又一座山脉……

雨后的初夏，太阳一出来就很辣，不断升高的温度炙烤着我们，经过一个多小时的车程，终于到了目的地。志愿者们在六一儿童节到来之际，了解到大山深处这所偏远的小学校，于是来和孩子们一起过节。尽管有心理准备，但是这么偏远而落后还是有点出乎预料。

这是一个大山深处的乡村小学校。顺着村民的指点，我们在一丛树林里找到一个四合院，门前是数十级乱石铺成的石梯，布满青苔，小院门前是两米多高的一道校门，门楣上用黑色宋体字写了一行大字"高县漾溪乡新华村小学校"，仿佛时光仍停留在数十年前，院子里是三排老式灰青瓦顶的建筑，那些墙体上的砖块明显是二次利用的，颜色各异。左边一排两间教室的屋顶已经垮掉不能使用，教室后面的厕所屋顶也已经垮掉，四面通风，抬头可见蓝天，院子右边的一排两间教室也是青瓦砖砌的，正对院门的是两间办公室，其中一间也改成了两间教室，每间仅有 10 平方米左右。

小院中间是一个 100 平方米左右的坝子，这就是孩子们活动的场所，中间矗立一根旗杆，如果不是旗杆上飘扬的五星红旗，你会觉得这就是一户普通的农家院落。

长期开展志愿者活动的我们，见过很多条件艰苦的学校，但是这些年来国家致力于学校设施改造，情况发生了巨大的变化，没想到还有这样差的学校，经过了解才知道，原来这所学校位于大山深处，这里又一直不通公路，无法对学校改造，学校还是几十年前的状况。如果撤销校点，几十个孩子将面临辍学，因此学校一直坚持办学。

走进教室，一切都是那么古老而陈旧，唯一好些的是课桌和孩子们身上统一的校服，原来这也是去年一些志愿者翻山越岭送来的。由于偏僻而落后，这些年外出打工的村民较多，孩子们也随父母外出，目前仅有三个年级，隔年招生，复式教育，三个老师包班教学（不含幼儿班），其中还有一名代课教师。全校 53 名学生，30 名女生，22 名孩子是留守儿童。教室里的墙上贴着"诚实自信。立志成才""勤奋学习，兴我中华"的励志标语，面对此情此景，一瞬间，我们的眼睛有些潮湿，这潮湿，是一种感动。有的志愿者拿起讲台上的粉笔在黑板上写下祝福"祝大山里的孩子们节日快乐"！

志愿者们的到来，让孩子们充满了好奇，眨巴着大眼睛围着我们，我们刚想和孩子们说话，孩子们就像受到惊吓似的四散跑开去，远远地看着我们。有的孩子蹲在屋檐下，玩着"剪刀石头布"的游戏，赢了的就打一下输了的手心，输的和赢的一样的开心，那笑声清澈而透明，这样简单的游戏，却带给孩子们最开心的笑容。面对这些纯粹而单纯的笑容，我们都默然无语，快乐和物质无关，什么时候开始，我们迷失了太多的东西。

志愿者们捐赠物资后，和孩子们一起联欢，互动游戏，"企鹅漫步""脚踏实地"，这些简单得让城里孩子不屑一顾的小游戏，却让孩子们兴奋得不得了，脸上那种笑容和这初夏的阳光一样地灿烂，他们不停地鼓掌，蹦着、跳着，开心地玩着，为同伴"加油！加油！"的呐喊声响彻这大山的深处。

面对这样纯粹而单纯的快乐，我们也沉浸其中，原来，快乐竟然这么简单。这个六一节，天很湛蓝，阳光灿烂，我们收获的，不仅仅是一个难忘的六一儿童节。

西江山谷

这是一条普通的山谷。在川南很寻常。

一条小溪从远方而来，潺潺缓缓地在石缝间流动着，安静得连风的声音都可以听见。几声鸟鸣让人想起一句诗"鸟鸣山逾静"。

山谷里生长着蓬勃的藤蔓和芦苇，夕阳下泛着金光，如果在芦苇中有一位红衣的女子，该是多美的景象。蒹葭苍苍，不是只应在水中央，也可以在山谷里，小溪畔。

两个小孩，在小溪里摸螃蟹，一会儿就抓了几只，欣喜得不得了。想起儿时在小溪里捉鱼的场景，不禁会心一笑，原来这就叫天真无邪。

春天的一个黄昏，我信步走到这条山谷，被眼前的安静吸引。进谷不远，却见热闹非凡，原来这里居然依山而建了一座小庙，庙前的小溪上建了一座石桥，香烟缭绕之间，得知小庙名"仙桥庙"。许许多多人在这里或进香，或求签，匍匐之间一脸的虔诚。木鱼哆哆，磬声回响。还有许多的帮工，在穿梭忙碌。哦，原来今天是观音会，很多的百姓主动地来做帮工，为"菩萨"服务，没有报酬，不计劳累。在物质尘嚣至上的今天，平日里为了一棵蔬菜，或一寸土地都会大吵三日，甚至大打出手的人们，为什么在这里却这么虔诚？这倒让我生疑。

庙里庙外默默地看了一圈，坐在石桥旁的石桌上静静地看着周遭的一切，仿佛与我无关，又仿佛与我有关。这条小溪上原来没有桥，虽然只有十多米宽，但每当夏日暴雨后，两岸的村民却无法通行，30年多前春末夏初的一个雨夜，山谷右边的山顶，有一块重达数百吨的巨石毫无征兆地突然掉下来，穿越数百米的房屋、田畴，然后稳稳地落在小溪上成为一座天然的石桥，更神奇的是，巨石飞跃数座房屋，没有伤及丝毫人员或财物，让人叹为观止！村民们认为是神仙下凡、菩萨开眼，于是纷纷传言，这是仙桥，仙桥下的溪水自然是仙水了，饮之可以驱邪避险。远近百里群众纷至沓来，观景、上香、许愿……盛况空前。后来政府派人砸掉石桥，这里才恢复了宁静。不久之后，村民们又在旁边崖壁上塑了一个观音菩萨像，逢年过节时附近村民都来上些香火。

去年一些善男信女集资将石桥恢复，并修建了"仙桥庙"，香火日盛。在他们对菩萨的虔诚里，我看到一种叫信仰的东西。其实，无论你信仰什么，观音也好，上帝也罢，都不重要，重要的是人活着得有一份精神支柱，那么活着就有了奔头，就有了盼头。生活因此变得美丽起来，再苦难的日子都能坚持下去，那些衣衫褴褛的拜佛者脸上，都洋溢着一种久违的幸福！

自远古起，无论种族、民族，无论西方、东方，都有自己的图腾，这就是最早的信仰。正如中华民族信仰龙，寄托了中华民族共同的祈愿和希冀。儒、佛、道，都是一种信仰的皈依。其实信仰很简单，就是给自己的心灵找到一方安放的圣地，名山大川，或者僻远山谷，只要心中有佛，眼里皆佛，心中有魔，所见都是魔。即使在这样的小庙，在那些摇曳的香火里，我们一样可以看见信仰的光芒在灯花上闪亮。一瞬间，我有些感动，为这些求佛者的虔诚。

在这样的一个春日黄昏，我徜徉在这条非常普通的山谷。这个季节已非常难寻的芦苇，依然飘逸而优雅，尽管芦花都已飘散，但我仍然在他们对季节的坚守里，看到一些美丽在氤氲，随着小庙的香烟，和那缕春日阳光，这个山谷渐渐丰富起来，一如旁边渐渐饱满起来的油菜籽。

采 青

又是一年采青时。

早上起床，听着窗外零落的鞭炮声，妈妈说：今天过了，年就算过完了。在我们川南，腊月三十为小年，正月十五为大年，正月十五一过，这年就算过完了。各人该忙啥忙啥，读书的、打工的、探亲的……一个个又远离家乡，远离亲人了。单位上班的也收心回归正轨了，农人们开始春耕的筹备了。新的一年，万象更新。

在川南一带，流行采青的风俗。每年正月十五晚上，乘着月色和春节的喜气，亲朋好友们晚饭后聚集在一起，去郊外走走。此时正值立春前后，大地复苏，柳枝儿、桑枝儿纷纷绽出了芽苞，农人们已经开始采摘早茶，经过冬天的洗礼，庄稼们生长的郁郁葱葱、蓬蓬勃勃。

父母说，再忙的人正月十五晚上也一定要到郊外去采点蔬菜，只要是"青"（绿色）的都行，记得女儿小时候好奇地问爷爷奶奶，这不是偷吗？爷爷奶奶告诉她，这不是"偷"，是采青，采青是风俗，采到青，来年才可以身体健康、平平安安。

采青风俗不知兴起于何时，臆想古代交通和信息不便，远行的人不知道何时才能归来，有时分别就不能再见，因此，年过完了，即将远行和分离的人们晚饭后聚集在一起，去郊外走走，互道衷肠。郊游的人们顺道采摘几枝发芽的树枝带回放在家里，感受春天的气息，沾点喜气儿，远行的人们带在身边，睹物思人，牵挂家乡。当更多的人接受采青的习俗时，农耕为主的先人们觉得，采树枝儿不如采一棵蔬菜实惠得多，但仅限于"采"，即两三棵葱蒜，一两棵青菜等，后来在川南农村渐渐形成采青的习俗，并形成了采青文化，"采得越好，来年的庄稼才会长得越好"，采的人开心，被采的人乐意，对新的一年平安吉祥、五谷丰登充满憧憬和希望。

那年，心血来潮，相邀了十多个朋友去采青，青菜、萝卜、白菜、蒜叶各种蔬菜采了一大堆，满载而归，买来几包火锅底料，在朋友家里煮麻辣烫，吃到凌晨，各种趣事，不亦乐乎！几年过去了，朋友们都各散东西了，再没有那样聚过。每当正月十五时，偶尔会忆起那段快乐的时光。

无论晴雨，我还是在正月十五的晚上，去郊外走走，顺手带回几根豌豆尖、几棵葱蒜，也算采青，吃的因素少，回忆的时候多。

又是一年采青时，以采青的名义，我们再去走走。

蚕种场的午后阳光

午后的阳光从树隙间洒下来，星星点点地落在斑驳的树干和墙皮上，给这有些荒凉的院子，带来一些懒懒的暖意。

这是一个几近荒芜的院子，院子很大，有几十亩大小，长满高大的法国梧桐和香樟树，枝头仍偶尔挂着几片黄叶，也是摇摇欲坠，密密的枝丫将天空画出各种图案，像一个小孩信手涂鸦出的抽象派画作。

这儿是远离城市的郊区，似乎早已被人们遗忘，沿着南广河边的一条小路，七弯八拐，来到这里时，正是冬日午后，院子四周用青砖围起来，院墙上爬满各种野藤，一道生锈的铁门把院子和外面的农田隔离开来，以这种独特的方式告诉我们，这里不是普通的农家院落。院里遍植法国梧桐、香樟等各类树木，几幢 20 世纪 60 年代的建筑早已废弃，掩映在林荫里。我们从铁门的缝隙里钻进去，迎面是一个很大的水池，还有些残败的假山。由于很久没有人居住，院里的空地上野草疯长。没有阳光照到的地方，有些萧瑟的寒意，水泥小路上铺满了厚厚的落叶，踩在上面有些沙沙的声音，软软的，午后的阳光让这院落多了些宁静，和暖暖的记忆。

随着城市建设进程，这里也纳入了即将拆迁的对象，一些怀旧的人们开始陆陆续续地过来，在这里走走，似乎想留住些记忆。也让荒芜已久的院子，多了些生气。城市的高楼和现代气息，似乎与这院子里的宁静隔了一个世纪一样遥远，时光在这里还停留在20世纪的五六十年代，古老的建筑、斑驳的树林、荒芜的院子、吱嘎着响的木楼、老旧的窗棂……一些喜欢摄影的人们，也利用周末的暖阳，在院子里拍摄一些怀旧的记忆。

了解历史的人知道，这里是一个时代的缩影，今天来到这里的人们无法想象当年这里曾经有过的繁华与兴盛，这些院子也给曾经在这里生活的人们留下了难以磨灭的印记。院子附近还有几处或大或小的院落，这些院子共同构成当年著名的五七干校。建于20世纪50年代末期的五七干校，当年，接纳了宜宾地区和县上的各类知识分子、党政干部在这里劳动和教育。如今楼梯和栏杆上的五角星，木壁上的大红"忠"字等，似乎是对那个时代最好的诠释和遗存的痕迹。

20世纪70年代末期，随着"文革"的结束，五七干校退出历史舞台，这里就成了高县蚕种场，这里育出的蚕种曾经供应附近十余区县的农村养蚕所需。曾经人来人往，兴旺过很长一段时间，时间流逝，这里渐渐荒芜，几至人迹罕至。在几幢青砖建筑里，还可以看到很多竹制的蚕蔟、簸箕、稻草等物品，在提示人们这里曾经有过的兴盛。

也许，如今来走动的人里，有那些曾经在这里接受劳动教育的人，也有曾经在这里上山下乡的知识青年，也有为蚕桑事业的发展挥洒过青春年华的蚕桑人……一阵微风吹过，卷起满地黄叶，曾经的岁月都已经远去，梧桐树上的树皮不知道剥落了几茬，砖墙上的墙皮，不知道掉了多少，只有这些老树依旧、青砖依旧、院子依旧。

夕阳西下，冬天的太阳让回家的脚步有点仓促，不知不觉，院子里只剩下我一人，却没有感觉到时光的萧瑟和冷寂，反而觉得这份难得的宁静，是一种享受。墙脚的苔藓青绿得诱人，阳光尚有温度，暖暖地落在上面，在这院落里，显出一片生机勃勃来。

手工糖坊最后的坚守者

冬日周末，正是大寒节令。和朋友相约散步，沿新建的庆清公路漫步而行，处处小楼林立，一派勃勃生机的新农村景象。约一小时，闻见远处有香味扑鼻，问之，原来这里居然还有失传已久的手工塘坊。

在这里，我们见证了川南最乡土的原生态手工糖坊，也见证了最纯正的手工制作黄（红）糖过程，这家大山深处的作坊，以最后的守望者姿势，给我们还原一份最真实的历史。

走近那座古老的青瓦篾墙古屋，就可闻见那熟悉的糖香，在空气中弥漫，勾起儿时久远的记忆。高高的烟囱，厂房外堆放的甘蔗，榨干糖汁的蔗渣……多少年没见的场景。

一个简单的压榨机把甘蔗榨干，糖水顺一个简易的槽沟收集到一个大水缸里沉淀，再以一根水槽导入作坊的熬制锅。

走进作坊，一长溜七八口"二水锅"（大铁锅），每口锅可装数百斤糖水。第一口锅初熬后舀入第二口锅复熬，依次舀入下一口锅内熬制，锅内温度也逐渐递减，经三个小时以上熬制，最后一口锅内糖水的水分被完全挥发，剩下的糖汁从最初青黛色变成浓浓的橙黄色，泛着诱人的亮光和香味，师傅们用大勺舀起看看火候，一声"起锅"……即可逐步出糖了。

可是你别慌，熬好的糖汁还需舀入一口稍小锅内，用大铲不停搅拌，大约五分钟，糖汁亮度更亮，色泽更诱人，这时才算好了。地面早已放好用牛皮纸折叠好的一个个小纸盒模具，师傅们端着近百斤的糖锅，将糖汁依次倒入模具内，糖汁凝固即成黄糖（红糖）。师傅们的真功夫让我们瞠目，他们端着上百斤的糖锅，把糖汁倒入模具内时，每一个模具内倒入的糖汁数量都掌握得恰到好处，而且不会四溢浪费，那分寸拿捏之准，不是一个"佩服"可以概括的。

我们很奇怪，师傅们在每个模具内仅倒入少量糖汁，刚好可散开铺满模具内薄薄的一层，为什么不多倒入些，或直接倒满做成糖块？一问之下才知就里，原来这样的倒法可以使糖汁最快凝固，避免糖块中间部分出现无法凝固现象，影响糖质。一块成品糖需要先后倒入十多次才完成，这也就是我们生活中看见的糖块为什么是一层层呈书页状的原因。

黄糖的制作秉承了最传统的手工工艺，同时也有与时俱进的一面，以前做的黄糖都是一匣一匣的，每一匣都有五六十斤，现在考虑每户家庭用量不大，所以都改成用牛皮纸做模具，每块只有七八斤大小。模具的下面是一块薄木板，木板下面是厚厚的石灰粉，这样可以最大限度地吸收糖汁内的剩余水分，促进糖块凝固。

成型的一块块糖块，排列在氤氲弥漫的作坊内，如一块块秦砖汉瓦在延伸，直至记忆深处。我们的祖先就是用这最乡土最原始的古老制作工艺，制成黄糖，满足了他们对糖的需要，黄糖也就以这样最传统最淳朴的方式进入人们的生活，上至帝王之家，下至平民百姓之家，从医疗需要到生活必需，治疗伤风感冒的红糖姜汤，妇女产后恢复身体的鸡蛋红糖水，从带给孩童欢笑的糖人糖画，到主妇咸菜蒸菜必备需要，以及春节前夕做的糙米糖、粑果子、苕丝糖……无论秦汉还是唐宋，无论南北还是东西，千百年的中国历史，黄糖都与人们的生活息息相关，无所不在。

以这样工艺制成的黄糖，醇香扑鼻，入口化渣，即成一粒粒细微的糖分子，甜进我们的灵魂深处，闭上眼，仿佛可以看见岁月嬗变的沧桑，历史就在那一瞬间醉了，被这份醇香醉倒了。

师傅见我们围着糖锅垂涎欲滴的样子，用铲子从锅边铲下一块糖糊给我们尝鲜,我们手忙脚乱地放进嘴里,啧啧称赞,正宗的砂糖味道让我们兴奋,手舞足蹈。见我们意犹未尽,热情的师傅专门舀了两大勺糖汁,为我们熬制成牛皮糖,锅内的糖汁开始凝固时,师傅教我们赶紧用手将凝固的糖块抓起来,不停地拉扯,像做拉面一样,我们顾不得糖块的滚烫,按照师傅指点操作拉扯,奇迹出现了,糖块颜色逐渐变淡,泛白起来,拉到手软时,糖块也已完全冷却,糖块被拉扯成条状的糖棍,扳下一块,放入嘴里,嘎嘣脆,比黄糖本身还脆、还香。

作坊老板是一位五十多岁的汉子,很好客,端来一盆黄糖麦粑,一盅酽茶,坐在作坊里就和我们聊天。以前在川南地区,几乎每个村都有塘坊,后来社会发展了,对黄糖的需求量减少,农村种植甘蔗的也在减少,因此成本高了、销量也不佳,村办糖坊逐步减少,但依靠把蔗渣卖给纸厂,可以降低些成本,所以还有部分糖坊维持,再后来纸厂也垮了,糖坊几乎都关门倒闭了。他自己以前在集体糖坊工作,一直对制糖有感情,所以在村办糖厂垮掉时,他自己把糖坊买下来,苦苦支撑着这家作坊,坚守着那份感情。每年作坊可以生产5吨左右的成品糖,这个产量基本稳定,开始几年一直亏损,但舍不得放弃,所以一直坚持着,这两年市场行情好点,基本可以不亏了,但也基本没什么利润。我们开玩笑说:"估计再过三五年糖坊垮掉了,娃娃们都不知道黄糖怎么制作的了。"老板说:"三五年怎么都不会让它垮掉,起码再过十多年,我们老得动不了,再说吧。"我感觉到他脸上滑过的一些无奈和惆怅。

回来的路上,我脑海里一直在想那个汉子,想那个连厂房都很原始的糖坊,为了一份梦想,那个川南汉子,一直在苦苦地坚持着。

糖香弥漫的日子,他很满足。

后记：喜欢文字是一件温暖的事

我一直认为，喜欢文字，是一件温暖的事。

初中的时候，老师布置写一篇关于春天的记叙文，挖空心思写出来的作文竟然第一次得到高分，还被语文老师在课堂上作为范文，从此便喜欢上了文字。这件小事，影响了我的一生。

14岁初中结业回到农村，在繁重的劳作之余，就以写作填补自己年轻的岁月。做过农民、小生意、推销员、临时工、车间操作工，一直在生活的最底层。后来从事过企业秘书、宣传文化干事、公司法务、律师，干过很多工作，但是唯一不变的，是一直没有离开过文字，文字可以说是我生活的一部分。

对于文字，我总觉得很圣洁，不敢轻言亵渎。还记得1990年秋天在《宜宾教育报》上发表的第一首诗歌《这也是生活》，"这也是生活／每一锄挖下／都产生一个新的断面／每一次虔诚地弯下腰／都看见祖辈落锄的痕迹／每一粒沙砾土／都写满了期望和苦盼……"在我的眼里，每一粒泥土都是有历史的，滋养了五千年的文化，每一个文字都是有生命的，它承载了书写者的喜怒哀乐。因为生活的艰辛，我珍惜每一份文字陪伴的时光；因为生活的磨砺，我更珍惜每一份文字相守的安宁。

我的工作是理性的，而我希望生活可以感性些。生活五味杂陈，特别是在一个浮躁的社会里，不同价值观念的碰撞，呈现出多元化的生活方式。

喜欢文字是一件幸福的事情，一份坚守来自内心的宁静。我一直认为：心有阳光，眼里才有花开。文字的魅力在于，它可以传递生活的温暖，也可以传递岁月的沉重。传递温暖的人，自己才是有温度的人。无论酸甜苦辣，因为喜欢文字，对生活，我多了一份淡泊和从容。文字不仅可以疗伤，文字还可以镇静。琐碎的日子，文字是最长情的依偎。

女儿或多或少受到我的影响，也喜欢文字，喜欢阅读；但是她不喜欢命题作文，偶尔写写，也多是心情文字。她的文字里，流露出来的也是一种与年龄不相符的淡泊和宁静。前几年，女儿说，"爸爸，把你写的文字也出一本书吧"。

一直以来，我都只是写点心情文字，从未想过结集出版，但为了兑现对女儿的承诺，我开始翻检那些发黄的旧纸片。才发现年轻的时候，曾把一些稚嫩的文字保留了下来，后来因为生活的繁杂，多数时候，都是随写随丢，没有怎么保存。此后，我才有意识地将一些心情文字放在空间里保存。这本书里的文字基本上是近几年在工作之余，行走山水时的感受。这个春天，我决定把对女儿的承诺兑现，于是把这些文字收集起来，呈现在你面前。这也是出版本书的初衷。

感谢女儿的鼓励，感谢家人的支持，也感谢喜欢我文字的朋友们。如果，您也能在这些文字里读到一份温暖，那就是我最欣慰的事。

2016年4月1日